MW01599478

범우문고 013

무진기행

김승옥 지음

범우사

차 례

▨ 金 承 鈺 論

작품의 완벽성이 주는 감동

김승옥의 네 편의 작품을 다시 읽게 되면 이 작품들의
시간적 배열을 생각하게 된다. 발표 연대로 보면 〈건
(乾)〉, 〈역사(力士)〉, 〈무진 기행(霧津紀行)〉, 〈서울·1964년
겨울〉 순서를 밟고 있으면서도 주인공의 나이로 보면
〈건〉, 〈역사〉, 〈서울·1964년 겨울〉, 〈무진 기행〉 순으로 생
각하게 된다. 물론 이런 연상이 자칫하면 단편 하나하나가
갖는 완결성과 독립성을 해치게 되기 쉽기 때문에 상당한
조심성을 갖고 보아야 할 것이다. 그러나 이러한 과정을
하나의 가정으로 놓고 보면 대단히 그럴 듯한 이야기를 끌
어낼 수 있다. 즉 시골에서 가난하게 살던 한 소년이 6·
25사변의 경험을 어떻게 갖고 있는가 하는 모습을 〈건〉에
서 보게 되고, 그런 소년기를 갖고 있는 시골 출신의 청년
이 서울의 하숙방에서 '가풍(家風)'없는 생활을 하게 되어
'질서 정신'을 잃고 있는 모습을 〈역사〉에서 만나게 되고,
그러한 그가 직장도 없이 서울의 추운 거리를 방황하면서

도 별로 절망의 제스처도 쓰지 않고 있는, 그러나 생활이라는 단단한 껍질 밖에서 겉돌고 있는 것을 〈서울·1964년 겨울〉에서 확인하게 되고, 여전히 시골 출신의 청년이 이번에는 제약 회사 사장의 과부 딸과 결혼함으로써 이른바 출세의 길에 오르게 된 사람으로 변모하여 고향에 다시 들르게 되는 장면을 〈무진 기행〉에서 목격하게 된다. 물론 이들 작품의 주인공들이 갖고 있는 이름 자체가 다를 뿐만 아니라 주인공 각자가 자기가 소속된 작품 안에서만이 주인공이기 때문에 그들을 하나의 인물로 생각하기는 어렵지만, 그들의 삶이 가지고 있는 보편성의 의미를 확대해 보는 경우, 그들을 한 인물의 전개로 보아도 충분히 가능한 독서가 될 수 있을 것이다. 그랬을 때 김승옥 소설의 주인공이 갖고 있는 의미는 무엇인가? 그것은 아마도 우리 사회 속에 뿌리뽑힌 사람들과 뿌리박고 있는 사람들의 삶에 대한 깊은 관찰의 결과라 할 수 있을 것이다.

아직 사회에 뿌리 자체를 내려보는 시도조차 할 수 없는 나이의 어린애를 주인공으로 다루고 있는 〈건〉은 그 뒤에 오는 성인 주인공들이 이제는 잊혀졌을 법한 어린 시절의 어려운 추억들, 그러나 아름다운 과거로서가 아니라 사물을 의식하는 적극적 의지가 자리잡기 이전의 상흔(傷痕)으로서, 직접적인 인과 관계를, 보여주지 않는 추억을 보여

주고 있다. 그 어린 주인공의 입장에서 보면 의식되지 않았을 빨치산 기습 다음날의 이야기들이 작가의 입장에서 보면, 혹은 독자의 입장에서 보면 의식된 현실임에 분명하다. 말하자면 시체가 땅바닥에 엎드려져 있는 장면, 윤희가 한복 차림으로 증발되어질 것 같은 모습을 보여주었던 장면, 아버지가 시체 매장의 일을 해내던 장면, 방위대 본부가 된 그 저택 등 모든 것이 주인공의 의지와는, 혹은 주인공의 의식과는 아무런 상관없이 거기 '있음'의 상태에 놓여 있는 것처럼 이야기되고 있지만, 한편으로는 자기 의지와는 상관없는 그러한 것들이 주인공의 삶을 결정지어 주고 있음을, 다른 한편으로는 어쩌면 자기 의지와 깊은 음모 관계를 맺음으로써 결정지어 주고 있음을 깨닫게 하고 있다. 그것이 가장 깊게 나타나는 것이 결국 윤희 누나를 형과 친구들의 음모의 함정 속에 빠지게 하는 데 주인공 자신이 끼어드는 것으로 드러난다.

　윤희 누나 앞에 서자, 나는 온 세상이 빙글빙글 도는 듯이 어지러워서 몸을 가눌 수가 없었다. 억울한 일로 선생님께 꾸중을 들을 때 나는 그런 기분을 느껴 본 적이 있었다. 누나는 아침에 보았던 그런 한복 차림을 하고 있었다. 나의 전언(傳言)을 듣고 나서 누나가 아주 명

료한 음성으로 간단히 승낙했다. 바보, 바보, 바보.

이렇게 술회한 주인공은 '형에게 유리한 구실을 덧붙이기'까지 함으로써 '바보'라고 외치는 감정과 모순된 행위를 하기에 이른다. 아마도 여기까지 읽게 되면 "누구나 자기가 사랑하는 사람이 죽기를 바라는 적이 있다"는 〈이방인〉의 명언을 연상하는 일이 어렵지 않다. 그러나 이러한 비교에 앞서서 상기해 두어야 할 것은 빨치산의 습격으로 불타고 있는 그 '저택'이 어린 주인공의 삶과 연관되어 있다는 사실이다. 이제 이 불탐으로 인해서 주인공이 가지고 있던 행복한 시절의 모든 것과 절연의 상태에 들어가게 된다는 것을, 그래서 미영에 대한 추억도 그것으로 끝나고 윤희 누나와의 관계도 끝난다는 것을, 그래서 이제 다른 주인공의 현실적인 세계로 갈 수밖에 없는 연관 관계를 보여주는 것이다. 이러한 주인공의 모습은 김승옥의 문단 등장 작품인 〈생명 연습〉에서 주인공의 과거 이야기로 진술되고 있다. 여기에서도 주인공은 외간 남자를 끌어들이는 어머니를 죽이자는 음모를 형으로부터 제안받지만, 이제는 그 음모에 끼어드는 것이 아니라 스스로 음모를 꾸미는 사람과 음모의 대상이 되는 사람을 '사랑'할 정도로 성장해 있다. "형이 어머니의 거의 문란하다고나 해야 할 남자

관계를 굳이 내세우며 우리를 설복시키려 애쓰고 있었지
만 '그것은 우리를 철부지로 여기고 있었기 때문일 것이
다. 철부지에게는 본능적인 의협심이 행위의 충동이 되는
걸로 형은 생각했을 것이었다.' 사실 나도 그 따위는 아무
것도 아니라고 생각했다. 형의 의도는 그 너머에 있는 것
이었으니까——누나는 귓등으로 흘려 버릴 정도로 모든
것을 알고 있었다." 어린 시절의 이와 같은 경험을 보다
추상화시켜 보면 김승옥의 주인공들은 끊임없이 '자기 세
계'를 갖고자 한다는 노력으로 표현할 수 있을 것이다. 그
러나 그러한 자기 세계는 곧 외부의 도전에 의해서 무너지
게 된다. 〈건〉의 주인공이 '미영'이나 '윤희'에게 갖고 있
는 감정이나 '저택'에 대한 집념을 갖고 있는 것이 결국
'자기 세계'의 구축을 위한 노력이라면 빨치산의 습격 이
후 윤희를 형의 음모 쪽으로 끌어들이게 되는 것은 바로
그러한 자기 세계의 붕괴를 그대로 드러내고 있는 것이다.
〈생명 연습〉에서 왕국으로 표현되고 있는 것도 바로 누나
와 '나'가 이룩하고 있는 자기 세계를 의미하지만, 그러한
세계가 '아버지의 사망 이후에 비롯된 것'으로 인해 '신기
루'의 상태로 넘어가게 된다는 것을 주인공은 알고 있다.
그러기 때문에 그들은 '남들은 별 생각 없이 예사로 사는
그런 생활을 도저히 할 수는 없는 것'이 되고 만다.

'예사로 사는 생활'을 김승옥의 주인공이 그대로 살 수
없다는 것은 〈역사〉에서도 드러난다. 서울의 가난한 하숙
방 신세를 면하지 못하고 있는 〈역사〉의 주인공은 자기의
무질서하고 무기력한 생활에 대한 어느 정도의 반성이 잘
사는 사람들의 세계에 대한 무지에서 기인하는 것인가 하
는 방향으로 그를 움직이게 함으로써 '질서'가 있고 '가
풍'이 있는 집으로 하숙을 옮기는 데까지 이르기는 하지
만, 하숙을 옮긴 뒤의 삶의 정체를 파악하는 과정이 그 이
전의 세계인 〈건〉이나 〈생명 연습〉에서 보여주었던 '자기
세계'의 또 다른 붕괴를 나타내 주고 있다. 그것은 우선
이 사회에 뿌리를 박고 있는 사람들처럼 사는 자들의 삶의
허구성을 드러내 주는 한편, 이 사회에서 뿌리뽑힌 자라고
할 수 있는 〈역사〉의 자기 세계 보존을 위한 안간힘을 상
당한 친화력을 가지고 표현하는 것으로 나타난다. 그랬
을 때 이 부류 사이에 있는 하숙생 '나'는 무엇인가, 하는
질문을 자연스럽게 제기하게 된다. 그에게는 '무형의 재
산'도 없고, '가풍'도 없다. 그렇다고 그가 삶의 허위성을
그대로 받아들일 수도 없다. 결국 그가 자기의 존재를 드
러내는 유일한 방법으로 택하게 된 것이 기타를 켜는 것과
홍분제를 사용하는 정도로 끝나게 된다.

　　절망감이 마루 끝에도 마당 가운데서도 방바닥에도
차서 감돌던 창신동의 그 집에서는 식구들에게 그들이
오래 전에 잃어버렸던 형체 없는 감동 같은 것을 조금씩
은 깨우치고 영혼의 안정에 얼마간은 공헌할 수 있었던
나의 기타는 그래서 노인들이 우연한 한마디에서 갑자
기 자기의 늙음을 발견하듯이 낡아빠진 모습으로 방의
구석지에 기대어져 있지 않으면 안 되게 된 것이었다.

　　이 기타로 이어지는 자기 세계의 무기력함을 '허무 의
식'이라고 부르기도 하겠지만 그것은 단단한 외부 세계에
부딪쳤을 때 너무나 초라하게 되고 만다. 그 외부 세계란
허위로 가득 찬 것이기는 하지만, 힘은 대단한 것이었다.
그래서 "이 가족의 계획성 있는 움직임, 약간의 균열쯤은
금방 땜질해 버릴 수 있도록 훈련되어 있는 전진적 태도,
무엇인가 창조해 내고 있다는 듯한 자부심이 만들어 준 그
늘 없는 표정——문화라는 말을 쓸 수 있는 사람들이 있
다면 바로 이 사람들이었다"고 이야기하기에 이른다. 아마
도 이 구절처럼 우리에게 있어서 우리의 삶을 언제나 수렴
당하는 상태로 빠지게 하는 지배 이념의 정체를 극명히 드
러내 주는 대목도 드물 것처럼 보인다. 그러기 때문에 주
인공 스스로도 '비겁한 보상 행위'라는 자책을 즐겁게 받

아들이게 되는데 그것은 수음(手淫)으로 자기 세계를, 보잘것없는 자기 세계를 비밀스레 갖게 되는 선교사의 노력에 다름아닌 것이다. 이 경우 이들을 비난하는 행위야말로 지배 이념의 관점을 가지고서 자신과 똑같이 소외된 사람을 내리치는 행위에 지나지 않을 것이다. 그것은 '영혼을 사러 다니는 마귀'로 보이는 어머니의 삶에 대해서도 마찬가지다.

이러한 김승옥의 소설은 말을 바꾸면 우리를 지배하고 있는 이념들이 우리 자신 속에 얼마나 뿌리깊게 자리잡고 있으며 동시에 그 이념에 훈련된 우리 자신이 언제든지 지배당하고 싶어하는 모순 속에 빠질 가능성이 있음을 드러내 주고 있다. 그것을 가령 힘에 대한 동경이나 잘사는 사람들의 세계에 대한 동경이나 질서에의 동경 등에서 찾아볼 수 있다는 것은 너무나 분명하다. 그런 면에서 김승옥의 반질서(反秩序)주의는 아마도 60년대 소설 가운데 가장 전위적 성격을 띠고 있다고 이야기해도 지나치지 않을 것이다. 문학의 전위성(前衛性)은 정신의 전복성에 근거를 두어야 하는 것이고 그런 면에서 김승옥의 소설들은 우리에게 굳어져 가는 문화에 대한 전복의 의미, 다시 말하면 가장 음모적 성격을 갖는 것이다.

아마도 이러한 소설 양식이 잘 드러나는 것이 〈서울·

1964년 겨울〉이라 할 수 있다. 주인공 세 사람은 이제 문화의 어떤 현상에 대해 해석하려는 태도마저 취하지 않고 있다. 아직도 서울의 어디에 뿌리박지 못하고 있는 하숙생 '나'는 여전히 밤거리를 헤매고 있으면서 그러나 이번에는 무의미한 것 같은 말장난을 하기에 이른다. 얼핏 보면 이러한 주인공의 행위가 '허무주의'에 근거를 두고 있는 것으로 보이기 쉽겠지만, 이미 수많은 패배를 경험한 주인공이 오염된 언어가 갖는 '수렴적' 성격에 대한 깊은 인식을 우리에게 전달해 주고 있는 것이다. 이것은 이야기하지 않음으로써 이야기하게 되는, 사르트르식의 표현을 빌면 '침묵'의 언어화의 또 하나의 양식인 것이다. 이 침묵의 의미화가 극에 도달하는 부분은 "김형, 우리는 분명히 스물 다섯 살짜리죠?"라고 시작되는 대화에서 "두려워집니다"로 이어지는 대목이다. 어쩌면 이것이 그 앞에 있었던 무수한 '말장난'을 의미의 차원으로 옮겨 놓고 있는 것이다. 이런 김승옥 소설의 전복성을 이해하지 못하게 되면 문학이란 힘의 시녀적(侍女的) 위치를 벗어날 수 없을 것이다.

　앞에서 언급된 소설에서보다 가장 나이가 많이 든 주인공이 등장하는 것은 〈무진 기행〉에서다. 시골 출신으로 서울에서 그 많은 거리를 방황하던 주인공이 이제 이 사회에 뿌리를 박게 되었고 그래서 옛날의 그 쓰라린 기억이 있는

고향을 다녀오게 되는 주인공은 과거의 수많은 편린(片鱗)
들이 아직도 현실로 존재하고 있음을 확인하고 돌아오는
이 소설을 읽으면 〈생명 연습〉에서 이야기된 구절을 연상
하게 된다. "하나의 세계가 형성되는 과정이 한마디로 얼
마나 기막히다는 것을 나는 잘 알고 있다. 그 과정 속에서
번득이는 철편(鐵片)이 있고 눈뜰 수 없는 현기증이 있고
끈덕진 살의가 있고 그리고 마음을 쥐어짜는 회오(悔悟)와
사랑도 있는 것이다." 다시 찾아온 무진에서 주인공이 만
나는 사람은 세무서장 조, 후배 박, 성악을 전공한 인숙
등이고 이들의 삶이 보여주는 것은 바로 '현기증'과 '살
의', '회오'와 '사랑'이 뒤얽힌 '나'의 과거 바로 그것의
확인이다. 이제 제약 회사 전무로서 뿌리뽑힌 자의 위치를
벗어났음에도 불구하고 자신의 삶에 자리잡고 있는 '허
위'를 벗어나지 못해 '부끄러움'으로 여행을 끝내는 주인
공은 바로 자신의 삶을 정직하게 바라보려는 사람의, 그럼
에도 불구하고 자신이 속해 있는 사회의 질서 속에 휩쓸리
고 말 수밖에 없는 사람의 화신이라 할 수 있을 것이다.
그것은 우리의 눈에 보이는 '적' 그것만이 아니라 '무진'
의 안개처럼 언젠지도 모르게 우리의 정신을 포위해서 그
속에서만 메카니즘을 쫓게 하는 눈에 보이지 않는 적, 그
래서 때로는 우리가 친밀감마저 느끼게 되는 그 적의 정체

를 우리 자신 안에서 파악하게 한다. 말을 바꾸면 '자기 세계' 자체의 존재에 대한 가장 복합적인 검토가 김승옥 소설의 주류를 형성하고 있다는 말이다.

그러나 김승옥 소설의 보다 큰 감동은, 작품 한 편마다 가지고 있는 완벽성이라 할 수 있을지 모른다. 이 완벽성의 문제는 여러 가지 방법론을 염두에 두고 하는 말이지만, 우선 여기서 주목할 수 있는 것은, 소설 한 편이 갖고 있는 공간의 단단함이라 하겠다. 〈건〉의 경우, 방위대 건물로 쓰이고 있는 '저택'이 소설의 첫머리와 끝 부분에 자리잡고 있는 바로 그 방위대 본부의 '불탐'이 주어진 시간과 공간 속에서 삶의 어느 순간의 완전한 붕괴를 가져오고 있음을 보게 된다. 그 경우 처음에 등장하고 있는 윤희나 미영이의 이야기가 가령 의상 하나에 이르기까지 어느 것도 '불탐'과 연관되지 않은 것이 없도록 완벽하게 유기적 관계를 유지하고 있다고 할 수 있다. 좀더 길게 쓸 수 있었더라면 이 소설을 이루고 있는 제요소(諸要素)의 유기적 관계를 충분히 하나하나 검토할 수 있겠지만 여기서는 이 정도로 지적하는 것으로 만족할 수밖에 없다. 〈역사〉에서는 화자(話者) 중에 작가의 자리를 차지하고 있는 자의 이야기가 소설의 앞과 뒤에 자리잡고 있고, 또 다른 화자가 이야기 전체를 술회하는 구조를 갖고 있어서 소설에 있어서 주인공——화자——작자의 관계에 대한 검토를 가능하게 한다. 뿐만 아니라 이 소설이 완결된 것임을 명확하게 보여준다. 〈무진 기행〉의 경우 "무진 10 km"부터 시작해서 "당신은 무진을 떠나고 있읍니다. 안녕히 가십시오"로 끝남으로써 역시 이 작품이 완결된 것임을 보여준다. 이렇게 완결된 작품은 독자의 독서에 있어서 대상을 분명히 해주고 있어서 이 공간 속에서 독자의 재구성(再構成)이 가능해진다. 바로 이 재구성이 작품을 창조적 대상으로 바라보고 독서를 창조적 행위로 바꾸어 놓는다.

그러나 김승옥의 독창성은 어쩌면 그의 문체 속에 있을지도 모른다. 문체뿐만 아니라 김승옥의 소설 속에는 언제나 대립 개념이 자리잡고 있다. 이 대립 개념의 정체를 밝혀 보는 것은 어쩌면 김승옥의 작품을 읽는 데 중요한 열쇠를 제공할 것으로도 보인다.

"빨갱이 시체 구경도 한 이태 만에 하는군."

어느 영감이 그렇게 말하며 침을 탁 뱉더니 돌아서서 갔다(…). 나도 그래야만 하는 것처럼 땅바닥에 침을 뱉고 살그머니 사람들 틈을 빠져 나왔다. 내가 몸을 돌렸을 때 두어 발자국 저편에 벽돌이 쌓여 있는 더미의 강렬한 색깔이 나의 눈을 찔렀다. 엉뚱하게도 나는 거기에서야 비로소 무시무시한 의지(意志)를 보는 듯싶었다.

여기에서 금방 눈에 띄는 '시체'와 '벽돌', '주검'과 '의지' 등의 대립 관계는 김승옥의 길고 복합적인 문체의 주류를 이루고 있다고 해도 지나치지 않는다. 그러나 이러한 대립 관계는 한 문장 안에만 존재하는 것이 아니고, 가령 〈무진 기행〉에 있어서 '조'와 '나', '옛날의 나'와 '현재의 나', 〈역사〉에 있어서 '서씨'와 '할아버지', 〈건〉에 있어서 '나'와 '아버지', 〈생명 연습〉에 있어서 '어머니'와 '형' 등 무수하게 찾아볼 수 있다. 그런데 중요한 것은 이러한 대립 관계가 '나'와 같은 하나의 인물 속에 동시에 존재하고 있다는 사실이다. 이것을 한마디로 삶의 모순 관계라고 말할 수 있지만, 그것이야말로 어쩌면 김승옥이 가장 괴로와하고 극복하고 싶어하는 대상(對象)일지도 모른다. 아니 그 모순을 철저히 살고자 하는 삶을 그는 바라고 있을 수도 있다. 이제 거기에 대한 탐구가 독자 쪽에서 이루어지기를 바란다.

김승옥처럼 많지 않은 작품으로 동시대의 관심을 크게 일으킨 경우, 그것이 때로는 지나칠 수도 있고 때로는 동시대의 친화력 때문일 수도 있다. 그러나 다시 읽게 되는 김승옥의 경우, 그것이 결코 지나치지도 않았고 단순한 시대적 친화력만도 아니라는 것을 확인하게 한다. 지금에 와서 그의 작품을 읽으면서 확인하게 되는 것들은 가령 이 작가가 지나치게 내면 세계로 가는 것은 잘못이라거나 문체의 아름다움에 도취됨으로써 외적 현실을 외면하게 된다는 것이라거나, 그 결과 미의 알맹이 없는 추구로 떨어지고 만다고 하는 등, 그에게 쏟았던 애정이 담긴 여러 가지 우려들이 어디까지나 '우려'로 끝나고 있을 뿐 이들 작품이 읽기에 따라서는 얼마든지 다시 읽힐 수 있고, 다시 읽는 작업이야말로 독자에게 주어진 권리요 의무라는 이른바 독서법의 개발에 중점을 두게 된다는 것이다. '우려'를 갖게 되는 것이 우선 '씌어지지 않은 작품'을 이야기하는 것이기 때문에 공허하다는 것이다. 비평 행위가 독서 행위를 전제로 했을 때는 일단 하나의 작품을 하나의 완성된 공간으로 보아야 하고 우선은 그 공간 안에서 모든 문제 제기를 할 수 있어야 된다. 그것은 작품을 하나의 총체로 파악하지 않고 현실의 총체로 파악하는 태도를 취하는 데서 야기되는 여러 가지 오류를 피하게 해준다. 그리고 작품을 현실의 총체로 보게 되면 어떤 작품 속에서 무엇이 이야기되었고 무엇이 빠졌다는, 이른바 문학의 소재주의가 앞서게 되고 어떻게 이야기되었느냐 하는 문학의 방법론이 도외시된다. 문학 작품을 읽는 경우 무엇에서 출발해

서 어떻게를 거쳐 결국 존재 차원에서 의미 차원으로 이행
한 다음의 무엇이 문제가 되어야 하기 때문에, 우선 김승
옥의 작품을 읽는 방법이 여러 가지가 있을 수 있다는 사
실을 받아들여야 된다. 그렇게 되었을 때 김승옥의 작품에
서 독자 개개인이 갖고 경험하게 되는 '감동'이 무엇인지
이야기할 수 있을 것이다.

金　治　洙(文學評論家)

夜　行

　현주는 자기 몸에 늘어 붙고 있는 사내의 시선을 느꼈다. 확인해 보나마나 알지 못하는 술 취한 어떤 사내이겠지. 그 사내가 자기를 향하여 다가오고 있는 것을 현주는 돌아보지 않고도 느낌으로 알 수 있었다.

　"댁이 어디십니까?"

　사내가 앞을 가로막으며 말을 걸어왔다.

　사내는 말과 함께 들큼한 술냄새를 뿜어 냈다. 와이샤쓰의 꼭대기 단추가 채워져 있지 않았다. 그 때문에 현주는, 헤드라이트의 밝은 불빛에 드러나곤 하는 사내의 목줄기를 볼 수 있었다. 그것은 깃털을 몽땅 뽑아 버리고 빨간 물감으로 염색해 놓은 수탉의 껍질 같았다. 튀어나온 울대가 그 껍질 속에서 재빠르게 꿈틀거리며 한 번 위로 올라갔다가 내려왔다. 침이라도 삼켰나 보다. 아니면 무슨 말을. 어떻든, 사내가 긴장하고 있음에는 틀림없었다. 아마 꼼짝도 하지 않고 무표정하게 자기의 목언저리만 응시하고 있는 현주의 자세가 사내를 불안하게 한 것이리라.

"댁이 어디신지, 같은 방향이면 택시 합승을 할까 해서……." 변명을 시작하는 것으로 봐서 사내는 슬그머니 도망할 차비를 차리기로 한 것 같았다.

"보시다시피 이 시간엔 택시도 어차피 합승해야 하니까요……."

현주는 사내가 손짓을 과장하여 가리키고 있는 차도(車道)를 보는 대신 사내가 손에 들고 있는 서류용 봉투를 보았다. 술집에서는 아마 궁둥이 밑에라도 깔고 앉아 있었던지 그것은 주름투성이로 구겨져 있었다. 시뻘겋고 닭껍질처럼 땀구멍이 오돌오돌 들여다뵈는 목줄기, 주름투성이로 구겨진, 흔해빠진 누런 대형 봉투, 들큼한 술냄새, 그리고 힐렁하게 늘어져 얼굴이 불안에 떠는 가쁜 숨결을 내뿜고 있었다. "댁이 어디십니까?" 하면서 당당하게 앞을 가로막던 그 음색(音色)은 벌써 아니었다.

풋내기다. 사내는 모처럼 용기를 냈겠지, 술의 힘을 빌어서. 이 시간, 통금 시간이 멀지 않은 이 시간이면, 종로의 그리고 을지로나 명동 부근의 모든 정류소에서 술 취한 사내들이 자기 근처에 있는 여자의 앞을 가로막는, 우연과 만나 보려는 저돌적인 몸짓을. 사내는 수없이 보아 왔겠지. 그리고 한번 흉내내 보았던 것이리라. 여자가 앙칼진 목소리로 욕설을 퍼붓고 피해 간다고 해도 그렇다고 해서 미리부터 그런 시도를 해볼 생각도 하지 않는다는 건 그야말로 아무것도 아니다. 어떤 여자가 어떤 남자의 곁을 우연히 지나쳐 갔을 뿐이라면 정류소의 이 시간이 다른 시간과 다른 게 무엇이랴!

더구나 짓궂은 장난인 듯이 가장하고 있는 사내들의 그행위 속에는, 대낮의 생활로부터, 이 도시로부터, 자기의 예정된 생활로부터, 자기가 싫증이 날 지경으로 잘 알고 있는 자기 자신으로부터 도망해 보고 싶은 욕구가 움직이고 있음을 알고 있는 것이었다. 또 그 여자는 알고 있었다. 도망할 수 있는 사람과 욕구는 있지만 그러지 못하고 마는 사람이 있다는 것을. 닭껍질 같은 목줄기, 구겨진 대형 봉투, 그리고 이제는, 여자의 꼿꼿한 침묵 때문에 불안하여 떨리기 시작한 목소리. 이 사내는 평생 도망가지 못하고 말리라. 그의 말마따나, 일인당 백원씩 받는 택시 합승으로 집으로, 그의 일상(日帝)으로 돌아가는 수밖엔 없으리라. 돌아가게 해주자. 그가 바라고 있는 것은 그것이므로.

"전, 집이 바로 요 건너에 있어요."

그 여자는 아직도 사내의 얼굴은 보지 않은 채 거짓말을 나직이 말했다.

"아, 그러세요. 이거, 잘못 알고…… 실례 많았읍니다."

사내는 사실 이상으로 취한 체, 몸을 가누기도 힘들다는 듯이 비틀거리며 현주의 앞을 떠나 사람들 틈으로 끼어 들어가 버렸다.

사내가 가버리기 전에 그 여자는 일부러는 아니었지만, 그 사내의 얼굴을 보고 말았다. 얼른 지적할 만한 특징이

있는 건 아니면서 호감이 가는 생김새였다. 무엇보다도 그
는, 얼굴을 보기 전까지 그 여자가 본능적으로 펼친 상상
속에서보다는 젊은 것이었다. 스물 일고여덟 살쯤 됐을
까?

문득 뜻하지 않은 느낌이 그 여자의 몸 속에서 번지기
시작했다. 그것은 쓸쓸함이었다. 외면적으로야 자신과는
완전히 관계없는 일 때문에도 느껴지는 순수한 쓸쓸함이
었다.

그것은 가령, 그 여자가 언젠가 극장에서 뉴스 영화를
볼 때 느껴 본 적이 있던 느낌과 같은 종류의 것이었다.
베트남 전선으로 가는 군인들이 군함의 갑판 위를 새까맣
게 덮고 있었다. 그들은 꽃다발을 하나씩 목에 걸고 웃으
며 부두에 서 있는 사람들을 향하여 끊임없이 손을 젓고
있었다. 그들의 얼굴이 모두 어리다고 생각될 만큼 너무
젊은 것을 새삼스럽게 발견하고 현주는 충격을 받았다. 그
리고 그렇게 많은 얼굴들을 한꺼번에 놓고 보게 되니 문득
우리 종족의 얼굴의 특징이 잡혀지는 것이었다. 그들의 얼
굴이, 제 나름의 색다른 인생에 의하여 싫든 좋든 이미 강
한 개성을 가져 버린 늙은이들의 얼굴이 아니라 이제야 자
기 나름의 인생을 살게 될 나이에 있는 젊은이들의 얼굴이
었기 때문에 여자가 우리 종족의 얼굴의 특징이라 하여 그
스크린 속에서 붙잡아 본 것들은 아마 거의 정확한 것이었
을 게다. 그 특성들에 의하여 현주가 내린 결론은, 우리
나라 남자들은 도무지 군인으로서는 어울리지 않는다는

것이었다. 미군(美軍) 식의 유니폼 때문일까? 뉴스 영화를 보고 있으면서 그 여자는 집에 돌아가는 대로 곧, 한국 남자들이 입어서 군인답게 보일 수 있는 유니폼을 디자인해 봐야겠다고 생각하고 있었다. 그러면서도 동시에 어떠한 디자인도 그들을 그렇게 보이게 할 수가 없으리라는 단정을 막연히나마 내리고 있었다. 문득, 다른 사람과 마찬가지로 꽃다발을 목에 두르고 웃으며 손을 젓고 있는 한 군인이 클로즈업되었다. 카메라맨은 어떤 의도로 그 젊은 이를 클로즈업시켰는지 알 수 없었으나 그 화면을 보면서 현주는 치밀어오르는 감동에 아랫 입술을 지긋이 물었다. 그 화면 속의 인물이야말로 그 여자가 발견한 그 특징들을 가장 잘 구현하고 있는 얼굴이었기 때문이다. 납작한 이마, 숱이 짙은 눈썹, 크지 않은 눈, 광대뼈가 약간 불거졌으면서도 갸름한 얼굴…… 현주는 그 젊은이를 군함에 태워 보내고 싶지 않다는 충동을 느꼈다. 하마터면 화면을 향하여 두 팔을 내밀 뻔하였다. 그러나 화면은 곧 바뀌어서, 나부끼는 태극기의 물결로부터 군함은 점점 멀어져 갔다. 그때 그 여자는 지친 듯 허탈해지면서 느릿느릿 밀려드는 쓸쓸한 느낌을 경험하게 되었던 것이다.

　마지막 버스를 놓치지 않으려고 이리 뛰고 저리 뛰는 사람들 틈을 걸어가면서, 현주는 자기를 붙잡는 사내들의 얼굴은 될 수 있는 대로 보지 않기로 자신에게 약속시켰던 점을 새삼스럽게 다행으로 생각했다.

　그 여자가 자기 자신에게 그런 약속을 시킨 맨 처음의

동기는, 그 뒤에 그 약속이 나타낸 효과와는 정반대였다.
즉, 밤거리에서 자기에게 말을 걸어오는 사내의 얼굴을 그
여자가 애써 보지 않으려고 하는 이유는, 사내에게 용기를
주기 위해서였다. 그 여자의 생각으로는 만일 자기가 남자
라면, 밤거리에서 장난 반 진담 반으로 지나가는 여자를 붙
들어 세웠더니 그 여자가 차마 자기의 얼굴도 보지 못하고
묵묵히 서 있기만 하는 걸 보면 없던 용기가 부쩍 솟으며
이젠 사태가 진담이기만 할 뿐이라는 즐거운 절박감조차
들지 않을까 하는 것이었다. 만일 자기가 남자라면 그렇
다, 더 이상 군말없이 그 여자의 손목을 잡아 끌고 가리
라. 끌고 가리라.

  그러나 그 여자의 침묵과 외면이 사내에게 작용한 결과
는 번번이 사내로 하여금 불안과 경계심으로 떨게 할 뿐이
었다. 그 여자가 만났던 사내들 중에서 가장 뻔뻔스럽다고
생각되는 사내도, "뭐 이런 게 있어? 벙어린가?" 하며
슬슬 물러가 버렸던 것이다.

  예상과는 전연 반대로 나타난 이 효과에 대하여 그러나
현주는 결코 불만스럽게 생각하지 않았다. 오히려, 그것
때문에 많은 것을 절약할 수 있음을 알고 기뻤다. 시간도,
말도 그리고 무엇보다도 말을 붙여 오는 그 사내가 자기에
게 필요한 사내인가 아닌가 하는 것을 알아보기 위한 노력
이 절약된다는 건 참 다행스러운 일이었다.

  그리고 이제, 다행스럽다고 생각되는 이유가 하나 더 늘
어난 것이었다.

그릇 속의 물에 떨어진 한 방울의 잉크가 번지듯이 그 여자의 안에서 번지기 시작하여 이제는 발끝까지 가득히 채우고 있는 저 쓸쓸한 느낌이, 만약 그 사내가 말을 걸어 오던 처음부터 그의 얼굴을 봄으로써 이내 그 여자를 사로 잡았더라면 아마 그 여자는 자기 쪽에서 먼저 사내에게 팔을 내밀어 버렸을지도 모를 일이었다. 마치 극장에서 스크린을 향하여 팔을 내밀 뻔했듯이. 사실 그럴 수 있는 가능성은 있었다.

최근에 와서 그 여자의 욕구는 비틀거렸다.

그 여자는, 자기의 욕구가 지나치게 무모하고 비상식적이고 반사회적이라는 걸, 그 욕구의 싹이 자기의 내부를 자극하기 시작하던 처음부터 깨닫고 있기는 했다. 그러나 그 여자로 하여금 그러한 욕구를 갖도록 해준 어떤 경험이, 그리고 인간이 지니고 있는 욕구는 그것이 어떠한 것이든지 그 속에 한 줄기 강렬한 빛을 발하고 있다는 자각이 그 여자로 하여금 그 무모하고 비상식적이고 반사회적이라고 생각되는 울타리를 감히 넌지시 넘도록 한 것이었다. 어느 시간, 어느 장소, 어느 사람들 사이에서는 그것은 결코 무모하지도 않으며 비상식적인 것도 아니며 반사회적인 것도 아닐 수 있으리라. 가령, 그 여자는 포로 수용소를 탈출하고 싶어하는 포로를 상상한다. 그는 철조망의 한 곳이 허술한 것을 우연히 발견한다. 그것을 발견하자 그는 자기가 이 수용소로부터 탈출하고 싶어했다는 걸 비로소 깨닫는 것이다. 그는 계획을 세우고 준비한다. 그리고 예정했던, 어느 달 없는 밤에 그는 철조망을 넘어선다. 어느 입장에서 보면 그의 행위는 분명히 무모하고 비상식적이고 반사회적이다. 그렇다고 하여 그의 욕구가 완전히 부정되어야 할 것인가.

현주가 자기 몫의 허술한 울타리를 경험한 것은 8 월 초순의 어느 날이었다. 그것은 이젠 어떠한 수단으로도 정정할 수 없는 과거의 사실임에도 불구하고 그 여자는 그것이 대낮에 일어난 일이었다는 게, 오히려 시일이 갈수록 더욱 믿어지지 않는 것이었다. 물론 그것은 대낮이었다. 해도 긴 8 월의 오후 3 시경이었다.

그 여자는 신세계 백화점 앞의 육교 계단을 느릿느릿 올라가고 있었다. 그 여자가 입고 있던 옷은, 은행원(銀行員)의 제복이 아니라 분홍빛 나뭇잎 무늬가 있는 원피스였다. 그 여자는 일주일 동안 얻은 휴가를 보내고 있는 중이었다. 그날은 휴가의 마지막 날이었다. 그 여자는 몇 시간 전에 시외 버스에서 내렸었다. 휴가를 고향의 어머니 곁에서 보냈던 것이다.

모처럼의 휴가를 두고 그 여자의 계획은 너무나 많았었다. 그러나 그 계획들은 어느 것 하나도 실행되지 못하고 말았다. 처음의 계획에는 들어 있지도 않았던 엉뚱한 곳에서 휴가를 보냈다. 결국 어떤 의무감에서 나온 결정이었는데, 그 여자는 오랫 동안 만나 보지 못한 고향의 어머니 곁에서 휴가를 보내기로 결정했었던 것이었다. 그래서 그 여자는 어머니한테 갔었다. 모녀는, 첫날은 오랜만의 상봉에 기쁨으로 들떠서 지냈다. 다음날엔, 집안의 여러 가지 일에 대하여 도란도란 얘기를 주고받았고, 그 다음날엔 어머니 특유의 나무랄 수 없는 잔소리가 시작됐으며, 그 다음날엔 딸 특유의 신경질이 되살아났고, 마지막으로 모녀는 한바탕 크게 싸웠다. 다음날 새벽, 딸이 버스 정류소로 가기 전에 모녀는 어느새 슬그머니 화해를 하고 있었으며 딸이 버스에 올랐을 때 어머니는 헤어지는 슬픔 때문에 차창(車窓)에 매달리며 쿨적쿨적 울었고, 딸은, 딸도 눈물을 글썽거렸다. 그뿐이었다. 그 여자의 휴가 동안에 일어난 일이라고는.

번잡한 육교의 계단을 올라가면서 그 여자는 샌들의 가죽끈 밖으로 가지런히 내밀어져 있는 자기의 발가락을 내려다보고 있었다. 그것들은 땀과 흙먼지로써 남보기에 창피할 만큼 더럽혀져 있었다. 그 부분만은 그 여자의 것이 아닌 것 같았다. 아니 그 부분만이 참으로 자기의 소유인 것 같다고 그 여자는 느끼고 있었다.

계단을 오르기 조금 전에 그 여자는 남편에게 자기가 돌아온 것을 전화로 알렸다. 남편은 그 여자와 같은 은행에 근무하고 있었다. 그러나 그 두 사람이 사실상의 부부라는 것을 알고 있는 사람은 그 직장 안에는 아무도 없었다. 그들은 그 직장 안에서 알게 되어 연애를 했고 부부가 됐다. 그러나 결혼식을 하지 않은 부부였다. 부부 관계라는 것도 애써 숨겼다. 직장에서는 그들은 전연 타인끼리처럼 행동했고 일 대문에 부득이 말을 주고받아야 할 경우에도 반드

시 무표정한 얼굴로 '박 선생님', '미스 리' 했다. 그들의
연극은 지난 2년 동안 한 번도 탄로난 적이 없었다. 이젠
두 사람 자신들도 자기들이 연극을 하고 있다는 의식에 사
로잡혀 있지는 않았다. 다른 사람들이 자기들의 관계를 눈
치채지 못하도록 조심하는 것도 이젠 이미 습관이었다. 물
론 불안한 습관이긴 했지만. 그들이 그러할 것을 처음 제
안한 사람은 남편이 아니라 현주였다. 그 여자의 직장에서
는 기혼 여성은 쓰지 않았다. 결혼을 하게 되면 여자 직원
은 그 직장을 그만두거나 기혼 여성이어도 무방한 다른 직
장으로 옮겨야 했다. 그러나 현주의 경우, 두 가지 중 어
느 것 하나도 할 자신이 없었다. 그 여자는 남편의 수입만
으로는 생활이 주는 평범한 행복을 얻어낼 수 없을 것 같
은 불안에 사로잡혀 있었고 좀더 저축이 불어날 수 있다는
가능성을 차버리고 싶지가 않았다. 남편은 처음엔 남자로
서의 자존심을 내세웠으나 현주의 거의 호소에 가까운 주
장으로써 자기의 자존심이 달래지고 나서는 그러기로 동
의했다. 물론 언젠가는, 그들은 남들과 마찬가지로 정식으
로 청첩장을 돌리고 은행장을 주례로 모신 결혼식을 올릴
터였다. 현주는 퇴직금을 받고 즐거이 직장을 그만둘 것이
며, 남편에게 피임 기구를 사용하게 하지도 않을 것이며,
그때쯤은 계장이 되어 있을 남편에게 "당신 밑에 있는 사
람들, 오늘 저녁 식사는 우리 집에 와서 하시라고 하세요"
라고 말할 터였다. 그것은 불안한 습관이 되어 버린 그들
부부의 연극을 확실히 보상해 주고도 남음이 있을 즐거운

꿈이었다.

그런데 왜 이렇게 더러워 보일까? 그 여자는 계단을 오르고 있었다. 이젠 직장을 그만둬야 할 때가 온 것일까?

"저예요. 아침에 도착했어요. 퇴근하고 오실 때까지 잠자코 있으려고 했지만, 보고 싶어서, 히잉…… 곁에 누가 있어요?"

"응." 남편의 대답은 짧고 무표정했다.

"그래요? 그럼 이따가 만나요. 저 시장 좀 봐 가지고 들어가겠어요. 물론 일찍 들어오시겠죠……."

"그러엄."

"끊어요."

"끊어."

그 여자의 귓속에서는 아직도 수화기 특유의 윙하는 금속음이 울리고 있었다. 계단을 내려오고 있던 파라솔 하나가 살대의 뾰죽한 끝으로 현주의 관자놀이를 아프게 스치고 그리고도 시치미 뚝 떼고 지나갔다. 한국은행 본점의 돔 그늘에서 비둘기 몇 마리가 뜨거운 햇볕을 피하고 있는 게 보였다. 현주는 계단의 마지막 층계를 오르고 있는 중이었다. 그때였다. 낯선 사내의 억센 손이 그 여자의 팔꿈치 근처를 움켜쥔 것은.

한 번도 본 기억이 없는 사내였다. 아니 본 적이 있는지도 모른다. 만원 버스 속에서 또는 은행의 창구를 통하여 또는 극장의 휴게실에서 또는 시장의 좁은 통로에서 또는 …… 그런 곳에서라면 얼마든지 보았던, 전연 기억되지 않는 얼굴이었다. 사내는 약간 비대하였고 햇볕에 그을려 갈색인 얼굴은 땀을 뻘뻘 흘리고 있었다. 삼십 오 세? 못생기지는 않았다.

"왜 그러세요?"

현주는 사내의 손아귀에서 팔을 빼내려고 하였다. 땀에 젖어 있던 사내의 손바닥이 미끄러운 마찰을 일으켰다. 그러나 사내는 손을 떼지 않았다.

"조용히 드릴 얘기가 있읍니다. 아무 말씀 마시고 절 따라와 주세요."

말하고 나서 사내는, 처음엔 현주의 팔꿈치를 잡고 있던 손을 아래로 미끄러내려 손목을 힘주어 잡았다. 그리고 그 여자가 방금 올라왔던 계단 아래로 내려가기 시작했다. 그 여자는 휘청거리며 끌려 내려갈 수밖에 없었다. 사내의 절박한 표정에 속았던 것이 아니었다. 공포가 그 여자의 목구멍을 틀어막고 있었기 때문이었다. 뭔가 오해하고 있는 것이겠지. 이 사내가 품고 있는 오해가 내가 해명해 줄 수 있는 오해였으면……

"왜 이러시는 거예요? 정말……"

"잠깐이면 됩니다."

"어디로 가는 거죠?"

"바로 요 됩니다."

"손은 좀 노세요. 따라갈 테니까. 절 아세요?"

"압니다."

사내는 손목을 놓지 않고 그리고 현주의 얼굴을 돌아보

지도 않고 말했다. 육교에서 팔꿈치를 잡고 말을 걸어오던 때를 제외하고는 그는 내내 여자를 돌아보지 않고 걸었다.

그 여자는 공포와 혼란의 늪 속에서 허우적거리기 시작했다. 숨이 막히는 것 같았다. 발버둥쳐 보았지만 혼란의 늪 속에는 디딤돌이 없었다. 그 여자의 머리 속은 뜨겁게 부푼 진흙으로 가득 차 버렸다. 마침내 그 여자는 생각하였다. 아아, 마침내 내 연극이, 속임수가 탄로나고 만 거야. 탄로나고 말았어. 속임수를 썼던 죄로 나는 지금 잡혀 가고 있는 거야. 그들은 나를 고문할까? 아냐, 고문하기 전에 내가 먼저 자백해 버리겠어. 아냐, 그럴 필요는 없지. 물론 우리는 결혼식을 하지 않았어, 하지만 앞으로도 하지 않을 거야. 그래, 그러면 나에겐 자백할 게 아무것도 없어지는 셈이지.

그들은 백화점을 끼고 돌았다. 그들은 차도(車道)를 건너질러 갔다. 도중에, 차도의 복판에서 차가 몇 대 지나가기를 기다리느라고 잠깐 걸음을 멈춘 동안, 사내는 문득 "날씨가 몹시 덥죠?" 하고 중얼거렸다. 그것은 여자에게라기보다 자기 자신에게 들려주기 위한 중얼거림 같았다. 차라리, 사내가 여자에게 말하고 있는 것은 여자의 손목을 잡고 있는 그의 손을 통해서였다. 여자는 빼내려 하고 사내는 놓치지 않으려 하는 두 손은 몹시 미끄럽게 마찰되고 있었고 그 움직임이 문득 눈에 뜨이자 현주는 마치 사내가 자기를 애무하고 있는 게 아닌가 하는 착각에 휘말려드는 것이었다. 사내의 손은 묘한 형상으로써 그 여자의 손목을 잡고 있었다. 즉 사내는 엄지손가락의 끝을 나머지 네 개의 손가락 끝에 맞대어 일종의 고리를 만든 것이었다. 그 고리 속에 현주의 가느다란 손목이 갇혀 있는 꼴이었다. 그 고리는 여자의 손목이 마음대로 움직일 수 있을 만큼 헐렁하였다. 그러나 빠져 나올 수는 없었다. 사내 손의 그 섬세한 조작이 그 여자의 마음에 들었다. 공포 속의 안심이라고나 할까, 그 여자는 그런 걸 느꼈다. 그 여자는 손목을 빼내기를 단념하였다. 그러자 그 고리가 점점 오므라들어 움직이기를 멈춘 여자의 손목은 아프지 않은 한계 안에서 조이는 것이었다. 그 여자는 문득, 자기의 손과 사내의 손이 그 땀에 젖어 미끄러운 틈으로부터 생명의 거친 숨소리가 들려 오는 것을 의식하였다. 그것은 북소리처럼 둔중했고 생선의 아가미처럼 가빴다. 사내의 생명도 자기의 생명도 아닌 전연 낯선 생명이 지금 마악 땀에 젖은 손과 손의 틈바구니에서 태어난 것 같았다. 그러자 그 여자의 공포와 혼란은 더욱 말할 수 없는 힘으로 그 여자를 흔들어 놓기 시작했다.

"뭘, 저한테 뭘 요구하시는 거예요?"

"요구하다니, 오해하지 마시요. 당신한테 할 말이 있다니까."

사내는 침착하게 나직나직 말했다.

사내의 목적지가 가까운 다방이나, 최악의 경우, 파출소쯤이려니 생각하고 있던 현주는, 사내가 회현동(會賢洞) 골목 속에 새로 단장한 지 오래지 않은 듯한 이층 건물 속으

로 한마디의 해명도 없이 그리고 고개 한 번 돌려 보는 법
없이 자기를 끌고 들어섰을 때는 너무나 놀라서 아래턱만
덜덜 떨 뿐 말 한마디 꺼내지 못하고 있었다. 그것은 여관
이었다.

"자, 그만 울어. 이젠 경찰에 가서 강간당했다고 고발해
도 돼. 난 감옥에 가는 걸 무서워하지 않거든. 당신의 팔
뚝이 몹시 매끄러워 보이더군. 내 손 속에 넣고 만지고 싶
었어. 당신을 그냥 지나쳐 버렸더라면 어떻게 됐을까? 어
떻게 되긴, 뭐 아무것도 아니지. 당신도 역시 아무 일도
일어나지 않는 게 좋다고 생각하는 그런 여자인가? 어어,
굉장히 더운 날이지? 그만 울어요, 여름에 울면 감기 걸
린데."

사내가 말할 게 있다던 것은 대강 그것이었다.

그 일이 있고 난 직후엔, 그 여자는 그 일을 단순한 봉
변으로 돌려 버리고 싶어했다. 자기의 죄의식과 어떤 불량
배의 무도한 욕구가 우연히 부딪쳐서 튀긴 불똥이었다고
생각하려 했다. 그 사건 자체에 대해서는, 그 여자는 자기
에게 책임이 있을 수 없다고 생각하려 했다. 남편 아닌 다
른 사내의 몸이 자기의 몸에 닿았던 점에 대해서는 남편에
게 미안하게 생각하지만 그렇다고 그 사건을 고백하고 용
서를 구하고 하는 따위의 일은 조금도 하고 싶지 않았다.

그 여자는 가능하다면 하루빨리 그 사건이 망각되어지
기만을 바랐다.

그러나 시일이 갈수록 그 일이 여자에게 남기고 간 흔적
은 뚜렷해졌다. 마치 피와 고름과 살덩이가 범벅이 되어
뭐가 뭔지 형체를 알 수 없던 상처가 오래 후엔 한 가닥의
허연 흉터로 모습을 분명히 나타내듯이 그 사건은 그렇게
그 여자의 내부에 자리잡혀 간 것이었다.

그 사건이 생긴 데 대하여 책임져야 할 사람이 있다면
그것은 그 불량배가 아니라 자기와 자기의 남편이어야 한
다고 그 여자는 생각하였다.

뿐만 아니라 이제는 그날 그 육교 위에서 손목을 잡힌
사람은 그 불량배였는지 자기였는지조차 판단할 수 없다
고 생각하였다. 자기는 자기의 더러움을 보았다. 그리고
그곳에 있는 모든 것으로부터 도망하고 싶었다.

마침 한 사람이 자기 곁을 지나가고 있었다. 자기는 그
사람의 손목을 붙잡고 이곳이 아닌 다른 곳으로 데려다 달
라고 애원하였다. 그 사람은 자기를 데려다 주었다. ‘이
곳’이 아닌 다른 곳으로. 더 나은 곳인지 아닌지는 몰라도
적어도 ‘이곳’이 아닌 것만은 틀림없었다. 그 점에 대해서
는 의심의 여지가 없다. 얘기가 이렇게 되는 것이 그 사건
의 정확한 줄거리라고 그 여자의 의식은 말했다.

그 여자는 자기가 확실히 그 사내에게 매달리고 있었음
에 틀림없다고 생각하게 되었다. 그리고 그 사내는 믿음직
스럽게 행동했던 것 같았다.

타성이 그 여자에게 불어넣어 준, 그 사내에 대한 저항
을 사내는 얼마나 멋지게, 꼼짝할 수 없도록 때려 뉘었던

가 !

땀, 그렇다. 쉴 줄 모르고 솟아나온, 몸을 목욕시키던 땀은 그 여자의 '이곳'이 패배의 쓰라림에 흘린 눈물은 아니었던지 !

그러나 그 여자의 외면적인 생활은 여전히 계속되었다. 남편과는 이십 분 간격으로 은행에 출근하였고, 은행에서 두 사람은 될 수 있는 대로 접촉을 피했으며, 부득이 말을 주고받아야 할 경우엔 '박 선생님', '미스 리' 했다. 하루 일이 끝나면 남편은 으레 다른 남녀 행원들과 함께 문을 나섰고 그 여자 역시 다른 남녀 행원들 틈에 끼어 문을 나섰다. 그 후에 그들이 집에서 만나게 되는 시간은 대중 없었다.

어느 날 밤늦게, 그 여자는 중앙극장에서 영화의 마지막 회를 보고 명동(明洞) 입구까지 걸어 나와서 버스를 탔다. 바의 여급들이 술에 취해 비틀거리며 집으로 돌아가는 시간이었다. 버스에 올라 자리를 잡고 앉은 현주는 차가 출발할 때까지 차창을 통하여 내려다보이는 거리의 풍경을 눈여겨 보고 있었다.

이 시간의 이 거리가 그 여자에게는 어쩐지 심상치 않게 보이는 것이었다. 이 거리는 그 여자가 일하고 있는 은행의 이웃이었다. 그러므로 대낮이나 초저녁의 이 거리에 대해서는 그 여자도 익숙해 있었다.

그런데 이 시간의 이 거리는 왜 이렇게도 낯설어 보이는 것일까? 막차를 놓치지 않기 위해서 사람들이 초조한 걸음으로 이라 뛰고 저리 뛰기 때문만은 아니었다. 명동 안쪽의 상점들이 모두 불을 끄고 셔터를 내려 버렸기 때문만도 아니었다. 버스 안 가득히 술 냄새가 풍기고 있었기 때문만도 아니었다. 유치하게 화려한 차림의 여급들이 거리낌없이 쌍소리를 높은 음성으로 재잘거리며 버스에 올랐기 때문만도 아니었다. 이 거리의 어디로부터 지금 자기의 귀가 듣고 있는, 헐떡이는 숨소리가 들려 오고 있는 것일까?

누가 자기를 부르고 있는 것일까?

왜 이 거리에서 지금 공포와 혼란의 거센 바람 소리가 들려 오는 것일까?

마침내 그 여자는 그 모든 소리들이 어디서 오는 것인가를 찾아냈다. 거리의 여기저기서 사내들이 지나가는 여자의 앞을 가로막는 모습이 눈에 뜨인 것이었다. 아까부터 자기가 보고 있었던 것은 바로 그들임을 현주는 깨달은 것이다.

어떤 여자들은 자기에게 말을 붙인 사내들을 따라갔고 어떤 여자들은 가지 않았다. 그 여자들의 대부분이 여급이라는 건 차림새로 봐서 짐작할 수 있었다. 물론 사내를 따라간 여자들은 그들의 직업으로 봐서 낯선 사내와 동행한다는 일에서 별다른 의미를 느끼지 않는지는 알 수 없었다.

그러나 버스 속에 앉아서 창을 통하여 그들을 발견했을 때, 현주는 자기 자신을 더럽게 여기고 있는 여자들이 그

렇게도 공공연하게 많다는 사실을 하나의 충격으로 받아
들이지 않을 수 없었다.

　따지고 보면 그 여자는 그 풍경을 오늘에야 처음으로 본
것은 결코 아니었을 게다. 본 적이 있다고 얘기할 자신이
없을 만큼, 눈여겨 보지 않았을 따름이었을 게다. 전에는
그 여자가 그들을 보았다고 해도, 거기서 아무런 의미를
볼 수 없었기 때문에 무심히 지나쳐 버릴 수 있었을 뿐일
게다.

　달리는 버스 속에서 그 여자는 그들에 대하여 생각하고
있었다. 그들은 울타리를 넘어 어디로 갔을까?

　그들이 도착한 곳은 어떤 곳일까?

　울타리를 넘다가 그들은 감시병의 총격을 받지는 않았
을까?

　군견(軍犬)의 헐떡이는 숨소리가 뒤를 쫓고 서치라이트
의 동그란 불빛이 그들의 등을 끝없이 쫓아가고 있지는 않
을까?

　그 여자는 그들이 무사히 도망했기를 빌고 싶었다.

　그 이후로 여자는 가끔, 자기가 뜨거운 8월 어느 날,
우연히 한번 넘어서 본 적이 있던 그 울타리를 넘고 싶다
는 욕구를 발작적으로 강렬하게 느끼곤 하였다. 드디어 어
느 날 밤, 밤거리로 나섰다. 일부러 바가 문을 닫을 무렵
의 시간을 택했다.

　그 여자는 이따금 다른 사람들과 어깨를 부딪쳐 가며 느
릿느릿 걸었다.

한 시간쯤 후엔 이 도시에 셔터가 내려진다. 자동차들은
무서운 속도로 질주하고 있었고 행인들의 발걸음은 바빴
다. 그 속에서 그 여자의 느린 걸음걸이는 눈에 뜨이는 것
이었다. 그 여자는 그것을 계산하고 있었다.

아직도 가을이라 생각하고 있는데 기온이 갑자기 영하
로 내려간 밤이었다. 종로백화점 옆 골목의 그늘 속에 어
떤 사내가 쭈그리고 앉아 욱욱 소리를 내며 토하고 있었
다. 그날 아침에 세탁소에서 찾아다 입은 듯한 깨끗한 외
투의 밑자락이 사내가 괴로와서 몸을 뒤틀 때마다 땅바닥
에서 이리저리 끌리고 있었다. 기름칠하여 단정하게 빗어
넘긴 머리가 가로등의 형광빛을 받아 철사처럼 번쩍이고
있었다. 거의 비슷한 차림인 다른 사내가 낄낄거리며 그
사내의 등을 주먹으로 쿵쿵 내려치고 있었다. 토하고 있는
사내가 한 손을 어깨 너머로 돌리고 흔들며 말했다.

"이 새끼야, 아파, 아프다니까, 이 씹새끼야."

그 여자는 그들을 더 이상 보지 않고 지나쳤다. 그들에
대한 말할 수 없이 강한 증오심이 끓어 올랐다.

그렇다. 그 여자는 자기가 증오하고 있는 게 누군가를
알고 있었다. 그 여자는 그들과 자기 남편을 구별할 수 없
었던 것이다.

그들의 아마 옷차림 때문이었을까? 서울 중심지에서는
얼마든지 볼 수 있는 월급장이들의 그 어슷비슷한 복장 때
문에 그 여자는 잠깐 그들과 자기 남편을 혼동하였던 것일
까? 그리고 그들 중의 하나는, 친구의 구토를 진정시켜

보겠다는 진심에서가 아니라 오직 그러는 것이 재미있기
때문에 주먹으로 친구의 등을 내리치며 낄낄거리고 있고
그리고 다른 하나는 그 깨끗한 옷차림에도 불구하고 마치
자의식 없는 깡패들처럼 욕설을 지껄이고 있음이 그 여자
는 미웠고 그 미움은 곧 자기 남편에게로 돌려진 것이 아
닐까? 저렇게 유치하게 굴 수 있는 자들이야말로, 같은
직장에 자기 아내를 숨겨 두도록 무표정한 얼굴을 잘도 꾸
밀 수 있는 게 아닐까?

　그날 밤, 그 여자는 길거리에 쭈그리고 앉아서 토하고
있는 사내를 여러 명 보았다. 그리고 그 여자가 기다리던
것을 만났다.

　"어디까지 가세요?"

　현주 옆으로 다가와 어깨를 나란히 하고 걸으며 사내가
말했다.

　그 여자는 걸음을 멈추었다. 사내의 얼굴을 돌아보고 싶
은 욕망을 누르고 그 여자는 땅바닥만 내려다보고 서 있었
다.

　"어디 가서 커피라도 한잔 마실까 하는데 같이 가시지
않겠어요?"

　사내가 현주의 어깨에 손을 얹으며 말했다.

　현주는 잠자코 있었다. 자기의 내부에서 저 안면 있는
공포와 혼란이 일어나기를 기다리고 있었다.

　"아직까지 문을 열고 있는 다방이 있을 겁니다. 갑시
다."

사내가 결심을 굳힌 듯 현주의 어깨를 가볍게 떠밀며 말했다. 그러나 그 여자는 한 발자국도 움직이지 않았다. 사내의 손 힘이 너무 약했던 것이다.

"허어, 돌부처로군. 그럼 나 혼자 갑니다. 아아, 커피, 얼마나 맛있을까 커피……."

사내는 슬슬 물러가 버렸다.

사내가 자기의 침묵을 겁냈던 것을 그 여자는 비로소 알아차렸다. 사내가 자신의 행위를 농담으로 돌려 버리려 했다는 것이 그 여자에게는 몹시 불쾌했다. 사내가 가버리고 난 후에야 그 여자는 자기가 기다리고 있던 것은 공포와 혼란이기도 했지만, 그보다 먼저 사내의 억센 끌어당김이었다는 걸 알았다.

그 여자의 내부에서 공포와 혼란의 뜨거운 늪이 들끓지 않고 만 것은 당연했다. 그것은 사내의 손이 그 여자의 손목을 억세게 잡아 끈 이후에야 생길 터였기 때문이다. 그 여자는 지난 여름에 자기를 습격했던 그 사내가 몹시 그리워질 지경이었다. 결국 그날 밤엔 택시를 타고 집으로 돌아왔다.

그 여자의 서성거림은 번번이 그런 식으로 끝나곤 하였다. 차츰 그 여자는 깨달았다. 사내들이 탈출하고 싶어하는 욕구는 거의 모두가 조건부라는 것을. 다시 말해서 사내들은 영원히 '이곳'을 떠날 의도는 없어 보였다. 그들은 잠깐 울타리를 뚫고 밖으로 나가 본다. 그러나 아침이 되면 얼른 제자리로 돌아온다. 아니, 미처 그것도 아니다.

울타리 안에서 울타리를 만지작거리며 생각만 한없이 되풀이하고 있는 것이다.

그리고 그 여자는 새삼스럽게 깨달았다. 자기의 욕구는 반드시 사내들이 자기네의 욕구를 과감히 실천할 때 함께 성취될 수 있음을. 그렇다, 사내가 그 여자의 내부에 공포와 혼란을 일으켜 놓지 않는다면 그 여자는 어떻게 자기의 더러움을 자백할 수 있을 것인가!

그 여자는 걸었다. 걸었다, 걸었다. 그러나 아무도 "감옥에 가는 것을 겁내지 않거든" 하고 말해 주는 사람은 없었다. 그 여자는 택시를 타고 통금 시간이 임박해서 집으로 돌아가야 하는 것이었다.

어느 날 직장에서 그 여자는 무의식중에 자기 남편을 향하여, 집에서 하듯 "여보!" 하고 불렀다. 남편의 얼굴이 새빨갛게 굳어지는 것을 보고 그리고 남편 곁에 있던 행원들이 요란하게 웃음을 터뜨리는 걸 보고서야 그 여자는 자기의 실수를 깨달았다. 이제껏 그런 실수는 한 번도 하지 않았던 그 여자였다. 남편이 얼른 "왜! 내가 미스 리 남편 같소?" 하고 농담으로 얼버무렸기 때문에 그 여자의 실수는 하나의 농담인 듯 끝날 수 있었지만 그 여자 자신에겐 무척 충격적인 것이었다. 연극이 탄로날 때가 온 것이다. 연극은 탄로나야 한다고 그 여자는 집요하게 생각하고 있었다.

어느 날 밤, 그 여자는 좀 색다른 사내를 만났다. 어쨌든 그 사내는 그 여자의 손목을 힘차게 잡아 끌고 간 것이었다. 그 사내가 목적지로 정한 것이 분명해 보이는 어느 골목 속의 호텔이 저만큼 보였을 때 그 여자는 기다리던 공포와 혼란이 증기처럼 피어오르는 걸 느꼈다. 그 여자 자신이 그것을 객관할 수 있을 만큼 그것의 양은 적었지만 어떻든 그것은 그 여자의 내부에 생겨난 것이었다.

그들은 호텔의 현관 앞에 이르렀다.

그때 문득 여자는 사내가 자기의 얼굴을 돌아보고 있는 걸 보았다. 사내는 마치 "정말 괜찮겠느냐?"고 그 여자에 게 묻고 있는 것 같았다. 그러자 갑자기 그 여자의 공포와 혼란은 깨끗이 스러져 버리고 그 대신 사내에 대한 혐오감 만 잔뜩 부풀어 오르기 시작하는 것이었다. 그 여자는 사 내의 손을 뿌리치고 골목 밖으로 달려나왔다. 그리고 택시 를 타고 집으로 돌아왔다. 차 속에서 그 여자는, 8월의 그 사내가 여관 안에 들어갈 때까지 한 번도 자기의 얼굴 을 돌아보지 않았던 것의 의미를 깨달았다. 그것은 확실히 중요한 의미를 갖고 있었다.

그제야 그 여자는 자기의 욕구가 쉽사리 이루어질 수 없 다는 걸 깨닫게 되었다. 8월의 그 사내와 똑같은 사내가 얼마든지 있다고는 그 여자도 생각하지 않았다.

그리하여 최근에 와서 그 여자의 욕구는 비틀거렸다. 이 따금 그 여자는 그 공포와 혼란이 없어도 사내의 손에 이 끌려 갈 수 있는 게 아닌가 하고 생각해 보곤 하였다.

창녀들처럼 아니 절실하게 기도해야 할 것이 별로 없음 에도 불구하고 미사에 참석하는 신자들처럼.

그러나 그 여자가 가장 두려워하는 것은 자기의 욕구를 그러한 의식(儀式)으로써 포장(包裝)하게 될까봐 하는 것이었다. 막연하나마 그 여자는, 만약 자기에게 공포와 혼란이 없이 그것을 한다면 마침내 의식(儀式)만이 남게 될 뿐이며 자기는 파멸할 것이라는 걸 알고 있었다.

그 여자가 바라는 것은, 그렇다, 파멸이 아니라 구원이었다. 속임수로부터의 해방이었다.

그럼에도 불구하고 욕구의 자리에 의식을 대신 들어앉히려는 유혹은 그 여자의 서성거림이 잦아질수록 증가하는 것이었다. 그 유혹을 그 여자가 겁내는 까닭은 그것이 그 여자의 내부에서 오기 때문이었다. 가령, 조금 전, 그 사내의 얼굴이 그것이었다. 아니 그 사내가 젊고 호감가게 생겼다는 그것이 아니라 그 얼굴을 본 이후에 그 여자의 내부에 번진 그 쓸쓸한 느낌이 그것이었다.

스크린을 향하여 하마터면 팔을 내밀 뻔했던 그 유혹이었다. 꽃다발을 목에 걸고 손을 저으며 웃으며 죽어 가는 종족에 대한 안타까움이 그것이었다.

"집이 어디세요?"

어떤 사내가 그 여자의 앞을 가로막으며 말을 걸어왔다.

(1969년)

서울 · 1964 년 겨울

1964 년 겨울을 서울에서 지냈던 사람이라면 누구나 알고 있겠지만, 밤이 되면 거리에 나타나는 선술집——오뎅과 군참새와 세 가지 종류의 술 등을 팔고 있고, 얼어 붙은 거리가 휩쓸며 부는 차가운 바람이 펄럭거리게 하는 포장을 들치고 안으로 들어서게 되어 있고, 그 안에 들어서면 카바이드 불의 길쭉한 불꽃이 바람에 흔들리고 있고, 염색한 군용(軍用) 잠바를 입고 있는 중년 사내가 술을 따르고 안주를 구워 주고 있는 그러한 선술집에서, 그날 밤, 우리 세 사람은 우연히 만났다. 우리 세 사람이란 나와 돗수 높은 안경을 쓴 안(安)이라는 대학원 학생과 정체는 알 수 없지만 요컨대 가난뱅이라는 것만은 분명하여 그의 정체를 꼭 알고 싶다는 생각은 조금도 나지 않는 서른 대여섯 살짜리 사내를 말한다.

먼저 말을 주고받게 된 것은 나와 대학원생이었는데, 뭐 그렇고 그런 자기 소개가 끝났을 때는 나는 그가 안씨

라는 성을 가진 스물 다섯 살짜리 대한민국 청년, 대학 구
경을 해보지 못한 나로서는 상상이 되지 않는 전공(專攻)
을 가진 대학원생, 부자집 장남이라는 걸 알았고, 그는 내
가 스물 다섯 살짜리 시골 출신, 고등학교는 나오고 육군
사관학교를 지원했다가 실패하고 나서 군대에 갔다가 임
질에 한 번 걸려 본 적이 있고 지금은 구청 병사계(兵事係)
에서 일하고 있다는 것을 아마 알았을 것이다.

자기 소개들은 끝났지만 그러고 나서는 서로 할 얘기가
없었다. 잠시 동안은 조용히 술만 마셨는데 나는 새카맣게
구워진 군참새를 집을 때 할말이 생겼기 때문에 마음속으
로 군참새에게 감사하고 나서 얘기를 시작했다.

"안형, 파리를 사랑하십니까?"

"아니요, 아직까진…….” 그가 말했다. “김형은 파리를
사랑하세요?"

"예"라고 나는 대답했다.

"날 수 있으니까요. 아닙니다. 날 수 있는 것으로서 동
시에 내 손에 붙잡힐 수 있는 것이니까요. 날 수 있는 것
으로서 손 안에 잡아 본 것이 있으세요?"

"가만 계셔 보세요.” 그는 안경 속에서 나를 멀거니 바
라보며 잠시 동안 표정을 꼼지락거리고 있었다. 그리고 말
했다. “없어요, 나도. 파리밖에는…….”

낮엔 이상스럽게도 날씨가 따뜻했기 때문에 길은 얼음
이 녹아서 흙물로 가득했었는데 밤이 되면서부터 다시 기
온이 내려가고 흙물은 우리의 발 밑에서 다시 얼어 붙기

시작했다. 소가죽으로 지어진 내 검정 구두는 얼고 있는 땅바닥에서 올라오고 있는 찬 기운을 충분히 막아 내지 못하고 있었다. 사실 이런 술집이란, 집으로 돌아가는 길에 잠깐 한잔하고 싶은 생각이 든 사람이나 들어올 테지, 마시면서 곁에 선 사람과 무슨 얘기를 주고받을 만한 데는 되지 못하는 곳이다. 그런 생각이 문득 들었지만 그 안경 잽이가 때마침 나에게 기특한 질문을 했기 때문에 나는 '이놈 그럴 듯하다'고 생각되어 추위 때문에 저려드는 내 발바닥에게 조금만 참으라고 부탁했다.

"김형, 꿈틀거리는 것을 사랑하십니까?" 하고 그가 내게 물었던 것이다.

"사랑하구말구요." 나는 갑자기 의기양양해져서 대답했다. 추억이란 그것이 슬픈 것이든지 기쁜 것이든지 그것을 생각하는 사람을 의기양양하게 한다. 슬픈 추억일 때는 고즈너기 의기양양해지고 기쁜 추억일 때는 소란스럽게 의기양양해진다.

"사관학교 시험에서 미역국을 먹고 나서도 얼마 동안, 나는 나처럼 대학 입학 시험에 실패한 친구 하나와 미아리에서 하숙하고 있었읍니다. 서울엔 그때가 처음이었죠. 장교가 된다는 꿈이 깨져서 나는 퍽 실의(失意)에 빠져 있었읍니다. 그때 영영 실의해 버린 느낌입니다. 아시겠지만 꿈이 크면 클수록 실패가 주는 절망감도 대단한 힘을 발휘하더군요. 그 무렵 재미를 붙인 게 아침의 만원된 버스칸이었읍니다. 함께 있는 친구와 나는 하숙집의 아침 밥상을

밀어 놓기가 바쁘게 미아리 고개 위에 있는 버스 정류장으로 달려갑니다. 개처럼 숨을 헐떡거리면서 말입니다. 시골에서 처음으로 서울에 올라온 청년들의 눈에 가장 부럽고 신기하게 비추이는 게 무엇인지 아십니까? 부러운 건, 뭐니뭐니 해도 밤이 되면 빌딩들의 창에 켜지는 불빛, 아니 그 불빛 속에서 이리저리 움직이고 있는 사람들이고, 신기한 건 버스칸 속에서 일 센티미터도 안 되는 간격을 두고 자기 곁에 이쁜 아가씨가 서 있다는 사실입니다. 때로는 아가씨들과 팔목의 살을 대고 있기도 하고 허벅다리를 비비고 서 있을 수도 있어서 그것 때문에 나는 하루 종일을 시내 버스를 이것저것 갈아타면서 보낸 적도 있읍니다. 물론 그날 밤앤 너무 피로해서 토했읍니다만…….”

“잠깐, 무슨 얘기를 하시자는 겁니까?”

“꿈틀거리는 것을 사랑한다는 얘기를 하려던 참이었읍니다. 들어 보세요. 그 친구와 나는 출근 시간의 만원 버스 속을 쓰리꾼들처럼 안으로 비집고 들어갑니다. 그리고 자리를 잡고 앉아 있는 젊은 여자 앞에 섭니다. 나는 한 손으로 손잡이를 잡고 나서, 달려오느라고 좀 멍해진 머리를 올리고 있는 손에 기댑니다. 그리고 내 앞에 앉아 있는 여자의 아랫배 쪽으로 천천히 시선을 보냅니다. 그러면 처음엔 얼른 눈에 뜨이지 않지만 시간이 조금 가고 내 시선이 투명해지면서부터는 나는 그 여자의 아랫배가 조용히 오르내리는 것을 볼 수 있읍니다…….”

“오르내린다는 건…… 호흡 때문에 그러는 것이겠죠?”

"물론입니다. 시체의 아랫배는 꿈쩍도 하지 않으니까요. 하여튼…… 나는 그 아침의 만원 버스칸 속에서 보는 젊은 여자 아랫배의 조용한 움직임을 보고 있으면 왜 그렇게 마음이 편안해지고 맑아지는지 모르겠읍니다. 나는 그 움직임을 지독하게 사랑합니다."

"퍽 음탕한 얘기군요"라고 안은 기묘한 음성으로 말했다.

나는 화가 났다. 그 얘기는, 내가 만일 라디오의 박사 게임 같은 데에 나가게 돼서 "세상에서 가장 신선한 것은?"이라는 질문을 받게 되었을 때, 남들은 상치니 오월의 새벽이니 천사의 이마니 하고 대답하겠지만 나는 그 움직임이 가장 신선한 것이라고 대답하려니 하고 일부러 기억해 두었던 것이었다.

"아니, 음탕한 얘기가 아닙니다."

나는 강경한 태도로 말했다. "그 얘기는 정말입니다."

"모르겠읍니다. 관계 같은 것은 난 모릅니다. 요컨대……."

"그렇지만 그 동작은 '오르내린다'는 것이지 꿈틀거린다는 것은 아니군요. 김형은 아직 꿈틀거리는 것을 사랑하지 않으시구면."

우리는 다시 침묵 속으로 떨어져서 술잔만 만지작거리고 있었다. 개새끼, 그게 꿈틀거리는 게 아니라고 해도 괜찮다, 하고 나는 생각하고 있었다.

그런데 잠시 후에 그가 말했다.

"난 방금 생각해 봤는데 김형의 그 오르내림도 역시 꿈틀거림의 일종이라는 결론을 얻었읍니다."

"그렇죠?" 나는 즐거워졌다. "그것은 틀림없이 꿈틀거림입니다. 난 여자의 아랫배를 가장 사랑합니다. 안형은 어떤 꿈틀거림을 사랑합니까?"

"어떤 꿈틀거림이 아닙니다. 그냥 꿈틀거리는 거죠. 그냥 말입니다. 예를 들면…… 데모도……."

"데모가? 데모를? 그러니까 데모……."

"서울은 모든 욕망의 집결지입니다. 아시겠읍니까?"

"모르겠읍니다"라고 나는 할 수 있는 한 깨끗한 음성을 지어서 대답했다.

그때 우리의 대화는 또 끊어졌다. 이번엔 침묵이 오래 계속되었다. 나는 술잔을 입으로 가져갔다. 내가 잔을 비우고 났을 때 그도 잔을 입에 대고 눈을 감고 마시고 있는 게 보였다. 나는 이젠 자리를 떠나야 할 때가 되었다고 다소 서글픈 기분으로 생각했다. 결국 그렇고 그렇다. 또 한번 확인된 것에 지나지 않다고 생각하면서 '자, 그럼 다음에 또……'라고 말할까 '재미있었읍니다'라고 말할까, 궁리하고 있는데 술잔을 비운 안이 갑자기 한 손으로 내 한쪽 손을 살그머니 잡으면서 말했다.

"우리가 거짓말을 하고 있었다고 생각하지 않으십니까?"

"아니요." 나는 좀 귀찮은 생각이 들었다. "안형은 거짓말을 했는지 모르지만 내가 한 얘기는 정말이었읍니다."

"난 우리가 거짓말을 하고 있었던 것 같은 느낌이 듭니다." 그는 붉어진 눈두덩을 안경 속에서 두어 번 꿈벅거리고 나서 말했다.

"난 우리 또래의 친구를 새로 알게 되면 꼭 꿈틀거림에 대한 얘기를 하고 싶어집니다. 그래서 얘기를 합니다. 그렇지만 얘기는 오 분도 안 돼서 끝나 버립니다."

나는 그가 무슨 얘기를 하고 있는지 알 듯하기도 했고 모를 것 같기도 했다.

"우리는 다른 얘기 합시다" 하고 그가 다시 말했다.

나는 심각한 얘기를 좋아하는 이 친구를 곯려 주기 위해서 그리고 한편으로는 자기의 음성을 자기가 들을 수 있는 취한 사람의 특권을 맛보고 싶어서 얘기를 시작했다.

"평화시장 앞에 줄지어 선 가로등들 중에서 동쪽으로부터 여덟 번째 등은 불이 켜 있지 않습니다……." 나는 그가 좀 어리둥절해 하는 것을 보자 더욱 신이 나서 얘기를 계속했다.

"……그리고 화신백화점 육층의 창들 중에서는 그 중 세 개에서만 불빛이 나오고 있습니다……."

그러자 이번엔 내가 어리둥절해질 사태가 벌어졌다. 안의 얼굴에 놀라운 기쁨이 빛나기 시작했기 때문이다.

그가 빠른 말씨로 얘기하기 시작했다.

"서대문 버스 정류장에는 사람이 서른 두 명 있는데 그 중 여자가 열 일곱 명이었고 어린애는 다섯 명, 젊은이는 스물 한 명, 노인이 여섯 명입니다."

"그건 언제 일이지요?"

"오늘 저녁 일곱 시 십 오 분 현재입니다."

"아" 하고 나는 잠깐 절망적인 기분이었다가 그 반작용인 듯 굉장히 기분이 좋아져서 털어 놓기 시작했다.

"단성사 옆골목의 첫번째 쓰레기통에는 초콜렛 포장지가 두 장 있읍니다."

"그건 언제?"

"지난 십 사 일 저녁 아홉 시 현재입니다."

"적십자병원 정문 앞에 있는 호도나무의 가지 하나는 부러져 있읍니다."

"을지로 3가에 있는 간판 없는 한 술집에는 미자라는 이름을 가진 색시가 다섯 명이나 있는데 그 집에 들어온 순서대로 큰미자, 둘째 미자, 세째 미자, 네째 미자, 막내 미자라고들 합니다."

"그렇지만 그건 다른 사람들도 알고 있겠군요. 그 술집에 들어가 본 사람은 꼭 김형 하나뿐이 아닐 테니까요."

"아 참, 그렇군요. 난 미처 그걸 생각하지 못했는데. 난 그 중에서 큰미자와 하루 저녁 같이 잤는데 그 여자는 다음날 아침, 일수(日收)로 물건을 파는 여자가 왔을 때 내게 빤쯔 하나를 사주었읍니다. 그런데 그 여자가 저금통으로 사용하고 있는 한 되 들이 빈 술병에는 돈이 백 십 원 들어 있었읍니다."

"그건 얘기가 됩니다. 그 사실은 완전히 김형의 소유입니다."

우리의 말투는 점점 서로를 존중해 가고 있었다. "나는
……" 하고 우리는 동시에 말을 시작하기도 했다. 그럴 때
는 번갈아서 서로 양보했다.

"나는……." 이번에는 그가 말할 차례였다. "서대문 근
처에서 서울역 쪽으로 가는 전차의 도로리가 내 시야 속에
서 꼭 다섯 번 파란 불꽃을 튀기는 것을 보았읍니다. 그건
오늘 밤 일곱 시 이십 오 분에 거길 지나가는 전차였읍니
다."

"안형은 오늘 저녁엔 서대문 근처에서 살고 있었군요."

"예, 서대문 근처에서만……."

"난 종로 2가 쪽입니다. 영보 빌딩 안에 있는 변소문의
손잡이 조금 밑에는 약 2센티미터 가량의 손톱 자국이 있
읍니다."

하하하하 하고 그는 소리내어 웃었다.

"그건 김형이 만들어 놓은 자국이겠지요?"

나는 무안했지만 고개를 끄덕이지 않을 수 없었다. 그건
사실이었다.

"어떻게 아세요?" 하고 나는 그에게 물었다.

"나도 그런 경험이 있으니까요." 그가 대답했다.

"그렇지만 별로 기분좋은 기억이 못 되더군요. 역시 우
리는 그냥 바라보고 발견하고 비밀히 간직해 두는 편이 좋
겠어요. 그런 짓을 하고 나서는 뒷맛이 좋지 않더군요."

"난 그런 짓을 많이 했읍니다만 오히려 기분이 좋았……."
좋았다고 말하려고 했는데, 갑자기 내가 했던 모든 그것에

대한 혐오감이 치밀어서 나는 말을 그치고 그의 의견에 동
의하는 고갯짓을 해버렸다.

그러자 그때 나는 이상스럽다는 생각이 들었다. 내가 약
삼십 분 전에 들은 말이 틀림없다면 지금 내 옆에서 안경
을 번쩍이고 앉아 있는 친구는 틀림없이 부자집 아들이고
높은 공부를 한 청년이다. 그런데 왜 그가 이래야만 되는
가?

"안형이 부자집 아들이라는 것은 사실이겠지요? 그리
구 대학원생이라는 것도……." 내가 물었다.

"부동산만 해도 대략 삼천만 원쯤 되면 부자가 아닐까
요? 물론 내 아버지의 재산이지만 말입니다. 그리고 대학
원생이란 건 여기 학생증이 있으니까……."

그러면서 그는 호주머니를 뒤적거려서 지갑을 꺼냈다.

"학생증까진 필요없읍니다. 실은 좀 의심스러운 게 있어
서요. 안형 같은 사람이 추운 밤에 싸구려 선술집에 앉아
서 나 같은 친구나 간직할 만한 일에 대해서 얘기하고 있
다는 것이 이상스럽다는 생각이 방금 들었읍니다."

"그건…… 그건……." 그는 좀 열띤 음성으로 말했다.
"그건……." 그렇지만 먼저 물어 보고 싶은 게 있는데요. 김
형이 추운 밤에 밤거리를 쏘다니는 이유는 무엇입니까?"

"습관은 아닙니다. 나 같은 가난뱅이는 호주머니에 돈이
좀 생겨야 밤거리에 나올 수 있으니까요."

"글쎄, 밤거리에 나오는 이유는 뭡니까?"

"하숙방에 들어앉아서 벽이나 쳐다보고 있는 것보다는

나으니까요."

"밤거리에 나오면 뭔가 좀 풍부해지는 느낌이 들지 않습니까?"

"뭐가요?"

"그 뭔가가. 그러니까 생(生)이라고 해도 좋겠지요. 난 김형이 왜 그런 질문을 하는지 그 이유를 조금은 알 것 같습니다. 내 대답은 이렇습니다. 밤이 됩니다. 난 집에서 거리로 나옵니다. 난 모든 것에서 해방된 것을 느낍니다. 아니, 실제로는 그렇지 않을는지 모르지만 그렇게 느낀다는 말입니다. 김형은 그렇게 안 느낍니까?"

"글쎄요."

"나는 사물의 틈에 끼어서가 아니라 사물을 멀리 두고 바라보게 됩니다. 안 그렇습니까?"

"글쎄요. 좀……."

"아니, 어렵다고 말하지 마세요. 이를테면 낮엔 그저 스쳐 지나가던 모든 것이 밤이 되면 내 시선 앞에서 자기들의 벌거벗은 몸을 송두리째 드러내 놓고 쩔쩔 맨단 말입니다. 그런데 그게 의미가 없는 일일까요? 그런, 사물을 바라보며 즐거워한다는 일이 말입니다."

"의미요? 그게 무슨 의미가 있읍니까? 난 무슨 의미가 있기 때문에 종로 2가에 있는 빌딩들의 벽돌 수를 헤아리는 일을 하는 게 아닙니다. 그냥……."

"그렇죠? 무의미한 겁니다. 아니 사실은 의미가 있는지도 모르지만 난 아직 그걸 모릅니다. 김형도 아직 모르는 모양인데 우리 한번 함께 그거나 찾아볼까요. 일부러 만들어 붙이지는 말고요."

"좀 어리둥절하군요. 그게 안형의 대답입니까? 난 좀 어리둥절한데요. 갑자기 의미라는 말이 나오니까."

"아, 참, 미안합니다. 내 대답은 아마 이렇게 될 것 같군요. 그냥 뭔가 뿌듯해지는 느낌이 들기 때문에 밤거리로 나온다고." 그는 이번엔 목소리를 낮추어서 말했다. "김형과 나는 서로 다른 길을 걸어서 같은 지점에 온 것 같습니다. 만일 이 지점이 잘못된 지점이라고 해도 우리 탓은 아닐 거예요." 그는 이번엔 쾌활한 음성으로 말했다. "자, 여기서 이럴 게 아니라 어서 따뜻한 데 가서 정식으로 한 잔씩 하고 헤어집시다. 난 한바퀴 돌고 여관으로 갑니다. 가끔 이렇게 밤거리를 쏘다니는 밤엔 난 꼭 여관에서 자고 갑니다. 여관엘 찾아든다는 프로가 내게는 최고죠."

우리는 각기 계산하기 위해서 호주머니에 손을 넣었다. 그때 한 사내가 우리에게 말을 걸어왔다. 우리 곁에서 술잔을 받아 놓고 연탄불에 손을 쬐고 있던 사내였는데, 술을 마시기 위해서 거기에 들어온 것이 아니라 불을 쬐고 싶어서 잠깐 들렀다는 꼴을 하고 있었다. 제법 깨끗한 코트를 입고 있었고 머리엔 기름도 얌전하게 발라서 카바이드 등의 불꽃이 너풀거릴 때마다 머리 위의 하이라이트가 이리저리 움직이고 있었다. 그러나 어디선지는 분명하지 않았지만 가난뱅이 냄새가 나는 서른 대여섯 살짜리 사내였다. 아마 빈약하게 생긴 턱 때문이었을까, 아니면 유난

히 새빨간 눈시울 때문이었을까. 아뭏든 그 사내가 나나
안(安) 중의 어느 누구에게라고 할 것 없이 그냥 우리 쪽을
향하여 말을 걸어온 것이었다.

"미안하지만 제가 함께 가도 괜찮을까요? 제게 돈은 얼
마 있읍니다만……"이라고 그 사내는 힘없는 음성으로 말
했다.

그 힘없는 음성으로 봐서는 꼭 끼어 달라는 건 아니라는
것 같았지만 한편으로는 우리와 함께 가고 싶은 생각이 간
절하다는 것 같기도 했다. 나와 안은 잠깐 얼굴을 마주 보
고 나서,

"아저씨 술값만 있다면……"이라고 내가 말했다.

"함께 가시죠"라고 안도 내 말을 이었다.

"고맙습니다" 하고 그 사내는 여전히 힘없는 음성으로 말
하면서 우리를 따라왔다.

안은 일이 좀 이상하게 되었다는 얼굴을 하고 있었고,
나 역시 유쾌한 예감이 들지는 않았다. 술좌석에서 알게
된 사람끼리는 의외로 재미있게 놀게 되는 것을 몇 번의
경험으로 알고 있었지만, 대개의 경우 이렇게 힘없는 목소
리로 끼어드는 양반은 없었다. 즐거움이 넘치고 넘친다는
얼굴로 요란스럽게 끼어들어야만 일이 되는 것이었다. 우
리는 갑자기 목적지를 잊은 사람들처럼 사방을 두리번거
리면서 느릿느릿 걸어갔다. 전보대에 붙은 약 광고판 속에
서는 이쁜 여자가 '춥지만 할 수 있느냐'는 듯한 쓸쓸한
미소를 띄우고 우리를 내려다보고 있었고, 어떤 빌딩의 옥

상에서는 소주 광고와 네온사인이 열심히 명멸하고 있었
고, 소주 광고 곁에서는 약 광고의 네온사인이 하마터면 잊
어버릴 뻔했다는 듯이 황급히 꺼졌다간 다시 꺼져서 오랫
동안 빛나고 있었고, 이젠 완전히 얼어 붙은 길 위에는 거
지가 돌덩이처럼 여기저기 엎드려 있었으며, 그 돌덩이 앞
을 사람들은 힘껏 웅크리고 빠르게 지나가고 있었다. 종이
한 장이 바람에 휘날리어 거리의 저쪽에서 이쪽으로 날아
오고 있었다. 그 종이 조각은 내 발밑에 떨어졌다. 나는
그 종이 조각을 집어 들었는데 그것은 '美姬 서비스, 特別
廉價'라는 것을 강조한 어느 비어 홀의 광고지였다.

"지금 몇 시쯤 되었읍니까?" 하고 힘없는 아저씨가 안
에게 물었다.

"아홉 시 십 분 전입니다"라고 잠시 후에 안이 대답했
다.

"저녁들은 하셨읍니까? 난 아직 저녁을 안 했는데, 제
가 살 테니까 같이 가시겠어요?"

힘없는 아저씨가 이번엔 나와 안을 번갈아 보며 말했다.

"먹었읍니다" 하고 나와 안은 동시에 대답했다.

"혼자서 하시죠"라고 내가 말했다. .

"그만두겠읍니다." 힘없는 아저씨가 대답했다.

"하세요. 따라가 드릴 테니까요." 안이 말했다.

"감사합니다. 그럼……."

우리는 근처의 중국 요리집으로 들어갔다. 방으로 들어
가서 앉았을 때 아저씨는 또 한 번 간곡하게 우리가 뭘 좀

들 것을 권했다. 우리는 또 한 번 사양했다. 그는 또 권했다.

"아주 비싼 걸 시켜도 괜찮겠읍니까?"라고 나는 그의 권유를 철회시키기 위해 말했다.

"네, 사양 마시고." 그가 처음으로 힘있는 목소리로 말했다.

"돈을 써버리기로 결심했으니까요."

나는 그 사내에게 어떤 꿍꿍이속이 있는 것만 같은 느낌이 들어서 좀 불안했지만, 통닭과 술을 시켜 달라고 했다. 그는 자기가 주문한 것 외에 내가 말한 것도 사환에게 청했다. 안은 어처구니없는 얼굴로 나를 보았다. 나는 그때 마침 옆방에서 들려 오고 있는 여자의 불그레한 신음소리를 듣고만 있었다.

"안형도 뭘 좀 드시죠"라고 아저씨가 안에게 말했다.

"아니 전……." 안은 술이 다 깼다는 듯이 펄쩍 뛰고 사양했다.

우리는 조용히 옆방의 다급해져 가는 신음소리에 귀를 기울이고 있었다. 전차의 끽끽거리는 소리와 홍수 난 강물소리 같은 자동차들의 달리는 소리도 희미하게 들려 오고 있었고 가까운 곳에서는 이따금 초인종 울리는 소리도 들렸다. 우리의 방은 어색한 침묵에 싸여 있었다.

"말씀드리고 싶은 게 있는데요." 마음씨 좋은 아저씨가 말하기 시작했다. "들어주셨으면 고맙겠읍니다…… 오늘 낮에 제 아내가 죽었읍니다. 세브란스 병원에 입원하고 있었는데…….” 그는 이젠 슬프지도 않다는 얼굴로 우리를 빤히 쳐다보며 말하고 있었다. “네에에.” “그거 안되셨군요”라고 안과 나는 각각 조의를 표했다.

“아내와 나는 참 재미있게 살았읍니다. 아내가 어린애를 낳지 못하기 때문에 시간은 몽땅 우리 두 사람의 것이었읍니다. 돈은 넉넉하진 못했읍니다만 그래도 돈이 생기면 우리는 어디든지 같이 다니면서 재미있게 지냈읍니다. 딸기철엔 수원(水原)에도 가고, 포도 철엔 안양(安養)에도 가고, 여름이면 대천(大川)에도 가고, 가을엔 경주(慶州)에도 가보고, 밤엔 함께 영화 구경, 쇼 구경 하러 열심히 극장에 쫓아다니기도 했읍니다…….”

“무슨 병환이셨던가요?” 하고 안이 조심스럽게 물었다.

“급성 뇌막염이라고 의사가 그랬읍니다. 아내는 옛날에 급성 맹장염 수술을 받은 적도 있고, 급성 폐렴을 앓은 적도 있다고 했읍니다만 모두 괜찮았었는데 이번의 급성엔 결국 죽고 말았읍니다…… 죽고 말았읍니다.”

사내는 고개를 떨구고 한참 동안 무언지 입을 우물거리고 있었다. 안이 손가락으로 내 무릎을 찌르며 우리는 꺼지는 게 어떻겠느냐는 눈짓을 보냈다. 나 역시 동감이었지만 그때 사내가 다시 고개를 들고 말을 계속했기 때문에 우리는 눌러 앉아 있을 수밖에 없었다.

“아내와는 재작년에 결혼했읍니다. 우연히 알게 됐읍니다. 친정이 대구(大邱) 근처에 있다는 얘기만 했지 한 번도 친정과는 내왕이 없었읍니다. 난 처가집이 어딘지도 모릅니다. 그래서 할 수 없었어요." 그는 다시 고개를 떨구고 입을 우물거렸다.

"뭘 할 수 없었다는 말입니까?" 내가 물었다.

그는 내 말을 못 들은 것 같았다. 그러나 한참 후에 다시 고개를 들고 마치 애원하는 듯한 눈빛으로 말을 이었다.

"아내의 시체를 병원에 팔았읍니다. 할 수 없었읍니다. 난 서적 월부 판매 외교원에 지나지 않습니다. 할 수 없었읍니다. 돈 사천 원을 주더군요. 난 두 분을 만나기 얼마 전까지도 세브란스 병원 울타리 곁에 서 있었읍니다. 아내가 누워 있을 시체실이 있는 건물을 알아보려고 했읍니다만 어딘지 알 수 없었읍니다. 그냥 울타리 곁에 앉아서 병원의 큰 굴뚝에서 나오는 희끄무레한 연기만 바라보고 있었읍니다. 아내는 어떻게 될까요? 학생들이 해부 실습 하느라고 톱으로 머리를 가르고 칼로 배를 찢고 한다는데 정말 그러겠지요?"

우리는 입을 다물고 있을 수밖에 없었다. 사환이 다꾸앙과 파가 담긴 접시를 갖다 놓고 나갔다.

"기분나쁜 얘길 해서 미안합니다. 다만 누구에게라도 얘기 하지 않고서는 견딜 수 없었읍니다. 한 가지만 의논해 보고 싶은데, 이 돈을 어떻게 하면 좋을까요? 저는 오늘 저녁에 다 써버리고 싶은데요."

"쓰십시오." 안이 얼른 대답했다.

"이 돈이 다 없어질 때까지 함께 있어 주시겠어요?" 사내가 말했다. 우리는 얼른 대답하지 못했다. "함께 있어 주십시오." 사내가 말했다. 우리는 승낙했다.

"멋있게 한번 써봅시다"라고 사내는 우리와 만난 후 처음으로 웃으면서 그러나 여전히 힘없는 음성으로 말했다.

중국집에서 거리로 나왔을 때는 우리는 모두 취해 있었고, 돈은 천원이 없어졌고 사내는 한쪽 눈으로는 울고 다른 쪽 눈으로는 웃고 있었으며, 안은 도망갈 궁리를 하기에도 지쳐 버렸다고 내게 말하고 있었고, 나는 "액센트 찍는 문제를 모두 틀려 버렸단 말야, 액센트 말야"라고 중얼거리고 있었으며, 거리는 영화에서 본 식민지의 거리처럼 춥고 한산했고, 그러나 여전히 소주 광고는 부지런히, 약 광고는 게으름을 피우며 반짝이고 있었고, 전보대의 아가씨는 '그저 그래요'라고 웃고 있었다.

"이제 어디로 갈까?" 하고 아저씨가 말했다.

"어디로 갈까?" 안이 말하고,

"어디로 갈까?"라고 나도 그들의 말을 흉내냈다.

아무 데도 갈 데가 없었다. 방금 우리가 나온 중국집 곁에 양품점의 쇼윈도가 있었다. 사내가 그쪽을 가리키며 우리를 끌어당겼다. 우리는 양품점 안으로 들어갔다.

"넥타이를 골라 가져. 내 아내가 사주는 거야." 사내가 호통을 쳤다.

우리는 알룩달룩한 넥타이를 하나씩 들었고, 돈은 육백원이 없어져 버렸다. 우리는 양품점에서 나왔다.

"어디로 갈까?"라고 사내가 말했다.

갈 데는 계속해서 없었다. 양품점의 앞에는 귤 장수가 있었다.

"아내는 귤을 좋아했다"고 외치며 사내는 귤을 벌여 놓은 수레 앞으로 돌진했다. 삼백 원이 없어졌다. 우리는 이빨로 귤껍질을 벗기면서 그 부근에서 서성거렸다.

"택시!" 사내가 고함쳤다.

택시가 우리 앞에 멎었다. 우리가 차에 오르자마자 사내는,

"세브란스로!"라고 말했다.

"안 됩니다. 소용없읍니다." 안이 재빠르게 외쳤다.

"안 될까?" 사내가 중얼거렸다. "그럼 어디로?" 아무도 대답하지 않았다.

"어디로 가시는 겁니까?"라고 운전수가 짜증난 음성으로 말했다.

"갈 데가 없으면 빨리 내리쇼."

우리는 차에서 내렸다. 결국 우리는 중국집에서 스무 발짝도 더 벗어나지 못하고 있었다.

거리의 저쪽 끝에서 요란한 사이렌 소리가 나타나서 점점 가깝게 달려들었다. 소방차 두 대가 우리 앞을 빠르고 시끄럽게 지나쳐 갔다.

"택시!" 내가 고함쳤다.

택시가 우리 앞에 멎었다. 우리가 차에 오르자마자 사내는,

"저 소방차 뒤를 따라갑시다"고 말했다.

나는 귤껍질을 세 개째 벗기고 있었다.

"지금 불구경 하러 가고 있는 겁니까?"라고 안이 아저씨에게 말했다. "안 됩니다. 시간이 없읍니다. 벌써 열 시 반인데요. 좀더 재미있게 지내야죠. 돈은 이제 얼마 남았읍니까?"

아저씨는 호주머니를 뒤져서 돈을 모두 털어 냈다. 그리고 그것을 안에게 건네 줬다. 안과 나는 헤아려 봤다. 천구백 원하고 동전이 몇 개, 십원짜리가 몇 장이 있었다.

"됐읍니다." 안은 돈을 다시 돌려주면서 말했다.

"세상엔 다행히 여자의 특징만 중점적으로 내보이는 여자들이 있읍니다."

"내 아내 얘깁니까?"라고 사내가 슬픈 음성으로 물었다. "내 아내의 특징은 너무 잘 웃는다는 것이었읍니다."

"아닙니다. 종삼(鍾三)으로 가자는 얘기였읍니다." 안이 말했다.

사내는 안을 경멸하는 듯한 웃음을 띄우며 고개를 돌려 버렸다. 그러는 사이에 우리는 화재가 난 곳에 도착했다. 삼십 원이 없어졌다. 화재가 난 곳은 아래층인 페인트 상점이었는데 지금은 미용 학원인 이층에서 불길이 창으로부터 뿜어 나오고 있었다. 경찰들의 호각 소리, 소방차들의 사이렌 소리, 불길 속에서 타는 탁탁 소리, 물줄기가 건물의 벽에 부딪쳐서 나는 소리. 그러나 사람들의 소리는 아무것도 나지 않았다. 사람들은 불빛에 비쳐 무안당한 사람처럼 붉은 얼굴로, 정물처럼 서 있었다.

우리는 발밑에 굴러 있는 페인트 든 통을 하나씩 궁둥이 밑에 깔고 웅크리고 앉아서 불구경을 했다. 나는 불이 좀 더 오래 타기를 바랐다. 미용 학원이라는 간판에 불이 붙고 있었다. '원'자(字)에 불이 붙기 시작했다.

"김형, 우린 우리 얘기나 합시다" 하고 안이 말했다. "화재 같은 건 아무것도 아닙니다. 내일 아침 신문에서 볼 것을 오늘 밤에 미리 봤다는 차이밖에 없습니다. 저 화재는 김형의 것도 아니고 내것도 아니고 이 아저씨 것도 아닙니다. 우리 모두의 것이 돼 버립니다. 그러나 화재는 항상 계속해서 나고 있는 건 아닙니다. 그러기 때문에 난 화재엔 흥미가 없습니다. 김형은 어떻게 생각하십니까?"

"동감입니다." 나는 아무렇게나 대답하며 이젠 '학'자에 불이 붙고 있는 것을 보았다.

"아니 난 방금 말을 잘못했읍니다. 화재는 우리 모두의 것이 아니라 화재는 오로지 화재 자신의 것입니다. 화재에 대해서 우리는 아무것도 아닙니다. 그러기 때문에 난 화재에 흥미가 없읍니다. 김형은 어떻게 생각하십니까?"

"동감입니다."

물줄기 하나가 불타고 있는 '학'으로 달려들고 있었다. 물이 닿은 곳에서는 회색 연기가 피어올랐다. 힘없는 아저씨가 갑자기 힘차게 깡통으로부터 일어섰다.

"내 아냅니다" 하고 사내는 환한 불길 속을 손가락질하며 눈을 크게 뜨고 소리쳤다. "내 아내가 머리를 막 흔들고 있읍니다. 골치가 깨질 듯이 아프다고 머리를 막 흔들고 있읍니다. 여보…….”

“골치가 깨질 듯이 아픈 게 뇌막염의 증세입니다. 그렇지만 저건 바람에 휘날리는 불길입니다. 앉으세요. 불속에 아주머님이 계실 리가 있읍니까?”라고 안이 아저씨를 끌어 앉히며 말했다. 그러고 나서 안은 나에게 나지막하게 속삭였다. “이 양반, 우릴 웃기는데요.” 나는 꺼졌다고 생각하고 있던 ‘학’에 다시 불이 붙고 있는 것을 보았다. 물줄기가 다시 그곳으로 뻗어 가고 있었다. 그러나 물줄기는 겨냥을 잘 잡지 못하고 이리저리 흔들리고 있었다. 불은 날쌔게 ‘용’을 핥고 있었다. 나는 ‘미’까지 어서 불 붙기를 바라고 있었고 그리고 그 간판에 불이 붙는 과정을 그 많은 불 구경꾼들 중에서 나 혼자만 알고 있기를 바랐다. 그러나 그때 문득 나는 불이 생명을 가진 것처럼 생각되어서, 내가 조금 전에 바라고 있던 것을 취소해 버렸다.

무언가 하얀 것이 우리가 웅크리고 앉아 있는 곳에서 불타고 있는 건물 쪽으로 날아가는 것이 보였다. 그 비둘기는 불속으로 떨어졌다.

“무엇이 불속으로 날아 들어갔지요?” 내가 안을 들여다보며 물었다.

“예, 뭐가 날아갔읍니다.” 안은 나에게 대답하고 나서 이번엔 아저씨를 돌아다보며 “보셨어요?” 하고 그에게 물었다.

아저씨는 잠자코 앉아 있었다. 그때 순경 한 사람이 우리 쪽으로 달려왔다.

"당신이지?"라고 순경은 아저씨를 한 손으로 붙잡으면서 말했다. "방금 무얼 불속에 던졌소?"

"아무것도 안 던졌읍니다."

"뭐라구요?" 순경은 때릴 듯한 시늉을 하며 아저씨에게 소리쳤다.

"내가 던지는 걸 봤단 말요. 무얼 불속에 던졌소?"

"돈입니다."

"돈?"

"돈과 돌을 손수건에 싸서 던졌읍니다."

"정말이오?" 순경은 우리에게 물었다.

"예, 돈이었읍니다. 이 아저씨는 불난 곳에 돈을 던지면 장사가 잘된다는 이상한 믿음을 가졌답니다. 말하자면 좀 돌았다고 할 수 있는 사람이지만 나쁜 짓은 결코 하지 않는 장사꾼입니다." 안이 대답했다.

"돈은 얼마였소?"

"일원짜리 동전 한 개였읍니다." 안이 다시 대답했다.

순경이 가고 났을 때 안이 사내에게 물었다.

"정말 돈을 던졌읍니까?"

"예."

"모두?"

"예."

우리는 꽤 오랫 동안 불꽃이 튀는 탁탁 소리에 귀를 기울이고 있었다. 한참 후에 안이 사내에게 말했다.

"결국 그 돈은 다 쓴 셈이군요…… 자, 이젠 그럼 약속이 끝났으니 우린 가겠읍니다."

"안녕히 계십시오"라고 나도 아저씨에게 작별 인사를 했다.

안과 나는 돌아서서 걷기 시작했다. 사내가 우리를 쫓아와서 안과 나의 팔을 한쪽씩 붙잡았다.

"나 혼자 있기가 무섭습니다." 그는 벌벌 떨며 말했다.

"곧 통행 금지 시간이 됩니다. 난 여관으로 가서 잘 작정입니다." 안이 말했다.

"난 집으로 갈 겁니다." 내가 말했다.

"함께 갈 수 없겠읍니까? 오늘 밤만 같이 지내 주십시오. 부탁합니다. 잠깐만 저를 따라와 주십시오." 사내는 말하고 나서 나를 붙잡고 있는 자기의 팔을 부채질하듯이 흔들었다. 아마 안의 팔에 대해서도 그렇게 했으리라.

"어디로 가자는 겁니까?" 나는 아저씨에게 물었다.

"여관비를 구하러 잠깐 이 근처에 들렀다가 모두 함께 여관으로 갔으면 하는데요."

"여관에요?" 나는 내 호주머니 속에 든 돈을 손가락으로 계산해 보며 말했다.

"여관비라면 내가 모두 내겠으니 그럼 함께 가시지요." 안이 나와 사내에게 말했다.

"아닙니다. 폐를 끼쳐 드리고 싶지 않습니다. 잠깐만 절 따라와 주십시오."

"돈을 빌러 가는 겁니까?"

"아닙니다. 받아야 할 돈이 있읍니다."

"이 근처에요?"

"예, 여기가 남영동(南榮洞)이라면."

"아마 틀림없는 남영동인 것 같군요." 내가 말했다.

사내가 앞장을 서고 안과 내가 그 뒤를 쫓아서 우리는 화재로부터 멀어져 갔다.

"빚 받으러 가기에는 시간이 너무 늦었읍니다." 안이 사내에게 말했다.

"그렇지만 저는 받아야 합니다."

우리는 어느 어두운 골목길로 들어섰다. 골목의 모퉁이를 몇 개인가 돌고 난 뒤에 사내는 대문 앞에 전등이 켜져 있는 집 앞에서 멈췄다. 나와 안은 사내로부터 열 발짝쯤 떨어진 곳에서 멈췄다. 사내가 벨을 눌렀다. 잠시 후에 대문이 열리고, 사내가 대문 안에 선 사람과 말하는 소리가 들렸다.

"주인 아저씨를 뵙고 싶은데요."

"주무시는데요."

"그럼 주인 아주머니는……."

"주무시는데요."

"꼭 뵈어야겠는데요."

"기다려 보세요."

대문이 다시 닫혔다. 안이 달려가서 사내의 팔을 잡아 끌었다.

"그냥 가시죠?"

"괜찮습니다. 받아야 할 돈이니까요."

안이 다시 먼저 서 있던 곳으로 걸어왔다. 대문이 열렸다.

"밤늦게 죄송합니다." 사내가 대문을 향해서 고개를 숙이며 말했다.

"누구시죠?" 대문은 잠에 취한 여자의 음성을 냈다.

"죄송합니다, 이렇게 너무 늦게 찾아와서. 실은……."

"누구시죠? 술 취하신 것 같은데……."

"월부 책값 받으러 온 사람입니다." 하고 사내는 갑자기 비명 같은 높은 소리로 외쳤다. "월부 책값 받으러 온 사람입니다." 이번엔 사내는 문 기둥에 두 손을 짚고 앞으로 뻗은 자기 팔 위에 얼굴을 파묻으며 울음을 터뜨렸다. "월부 책값 받으러 온 사람입니다. 월부 책값……." 사내는 계속해서 흐느꼈다.

"내일 낮에 오세요." 대문이 탕 닫혔다.

사내는 계속해서 울고 있었다. 사내는 가끔 "여보"라고 중얼거리며 오랫 동안 울고 있었다. 우리는 여전히 열 발짝쯤 떨어진 곳에서 그가 울음을 그치기를 기다리고 있었다. 한참 후에 그가 우리 앞으로 비틀비틀 걸어왔다.

우리는 모두 고개를 숙이고 어두운 골목길을 걸어서 거리로 나왔다. 적막한 거리에는 찬바람이 세차게 불고 있었다.

"몹시 춥군요"라고 사내는 우리를 염려한다는 음성으로 말했다.

"추운데요. 빨리 여관으로 갑시다." 안이 말했다.

"방을 한 사람씩 따로 잡을까요?" 여관에 들어갔을 때 안이 우리에게 말했다. "그게 좋겠지요."

"모두 한 방에 드는 게 좋겠지요"라고 나는 아저씨를 생각해서 말했다.

아저씨는 그저 우리 처분만 바란다는 듯한 태도로 또는 지금 자기가 서 있는 곳이 어딘지도 모른다는 태도로 멍하니 서 있었다. 여관에 들어서자 우리는 모든 프로가 끝나 버린 극장에서 나오는 때처럼 어찌할 바를 모르고 거북스럽기만 했다. 여관에 비한다면 거리가 우리에게는 더 좋았던 셈이었다. 벽으로 나뉘어진 방들, 그것이 우리가 들어가야 할 곳이었다.

"모두 같은 방에 들기로 하는 것이 어떻겠어요?" 내가 다시 말했다.

"난 지금 아주 피곤합니다." 안이 말했다.

"방은 각각 하나씩 차지하고 자기로 하지요."

"혼자 있기가 싫습니다"라고 아저씨가 중얼거렸다.

"혼자 주무시는 게 편하실 거예요." 안이 말했다.

우리는 복도에서 헤어져서 사환이 지적해 준, 나란히 붙은 방 세 개에 각각 한 사람씩 들어갔다.

"화투라도 사다가 놉시다." 헤어지기 전에 내가 말했지만,

"난 아주 피곤합니다. 하시고 싶으면 두 분이나 하세요"라고 안은 말하고 나서 자기의 방으로 들어가 버렸다.

"나도 피곤해 죽겠읍니다. 안녕히 주무세요"라고 나는 아저씨에게 말하고 나서 내 방으로 들어갔다. 숙박계엔 거짓 이름, 거짓 주소, 거짓 나이, 거짓 직업을 쓰고 나서 사환이 가져다 놓은 자리끼를 마시고 나는 이불을 뒤집어 썼다. 나는 꿈도 안 꾸고 잘 잤다.

다음날 아침 일찌기 안이 나를 깨웠다.

"그 양반, 역시 죽어 버렸읍니다." 안이 내 귀에 입을 대고 그렇게 속삭였다.

"예?" 나는 잠이 깨끗이 깨버렸다.

"방금 그 방에 들어가 보았는데 역시 죽어 버렸읍니다."

"역시……." 나는 말했다. "사람들이 알고 있읍니까?"

"아직까진 아무도 모르는 것 같습니다. 우린 빨리 도망해 버리는 게 시끄럽지 않을 것 같습니다."

"자살이지요?"

"물론 그것이겠죠."

나는 급하게 옷을 주워 입었다. 개미 한 마리가 방바닥을 내 발이 있는 쪽으로 기어오고 있었다. 그 개미가 내 발을 붙잡으려고 하는 것 같은 느낌이 들어서 나는 얼른 자리를 옮겨 디디었다.

밖의 이른 아침에는 싸락눈이 내리고 있었다. 우리는 할 수 있는 한 빠른 걸음으로 여관에서 떨어져 갔다.

"난 그 사람이 죽으리라는 걸 알고 있었읍니다." 안이 말했다.

"난 짐작도 못 했읍니다"라고 나는 사실대로 얘기했다.

"난 짐작하고 있었습니다." 그는 코트의 깃을 세우며 말했다.

"그렇지만 어떻게 합니까?"

"그렇지요. 할 수 없지요. 난 짐작도 못했는데……." 내가 말했다.

"짐작했다고 하면 어떻게 하겠어요?" 그가 내게 물었다.

"씨팔것 어떻게 합니까? 그 양반 우리더러 어떡하라는 건지……."

"그러게 말입니다. 혼자 놓아 두면 죽지 않을 줄 알았읍니다. 그게 내가 생각해 본 최선의 그리고 유일한 방법이었읍니다."

"난 그 양반이 죽으리라고는 짐작도 못 했다니까요. 씨팔것, 약을 호주머니에 넣고 다녔던 모양이군요."

안은 눈을 맞고 있는 어느 앙상한 가로수 밑에서 멈췄다. 나도 그를 따라서 멈췄다. 그가 이상하다는 얼굴로 나에게 물었다.

"김형, 우리는 분명히 스물 다섯 살짜리죠?"

"난 분명히 그렇습니다."

"나두 그건 분명합니다." 그는 고개를 한 번 기웃했다.

"두려워집니다."

"뭐가요?" 내가 물었다.

"그 뭔가가, 그러니까……." 그가 한숨 같은 음성으로 말했다.

"우리가 너무 늙어 버린 것 같지 않습니까?"

"우린 이제 겨우 스물 다섯 살입니다." 나는 말했다.

"하여튼……" 하고 그가 내게 손을 내밀며 말했다.

"자, 여기서 헤어집시다. 재미 많이 보세요" 하고 나도 그의 손을 잡으며 말했다.

우리는 헤어졌다. 나는 마침 버스가 막 도착한 길 건너편의 버스 정류장으로 달려갔다. 버스에 올라서 창으로 내어다보니 안은 앙상한 나뭇가지 사이로 내리는 눈을 맞으며 무언지 곰곰이 생각하고 서 있었다.   (1965 년)

力　士

　서울에서 하숙을 하고 있는 사람들은 그 수도 꽤 많지만 경우도 가지가지인 모양이다. 그 사람들이 자기가 들어 있는 하숙집에서 보고 듣고 느낀 것을 모두 얘기한다면 신기하고 놀랍고 재미있는 얘기가 헤아릴 수 없이 많겠는데, 여기 옮겨 놓는 얘기도 아마 그런 것들 중의 하나라고나 할까, 내가 언젠가 어느 공원의 벤치에 앉았다가 우연히 말을 주고받게 된, 머리털이 텁수룩한 한 젊은이에게서 들은 것으로서, 허풍도 좀 섞인 듯하고 그리고 얘기의 본론과 결론이 어긋나 있는 듯하기도 하지만 그런대로 뭐랄까 상징적인 데도 있는 것 같아서 여기에 들은 그대로를 옮겨 보는 것이다.

　내가 눈을 떴을 때 내 코는 벽에 거의 닿을 듯 말 듯했다. 낮잠을 자는 동안 나는 벽에 얼굴을 바싹 대고 있었던 모양이다. 벽은 하얀 회로 발라져 있었고 지나치게 깨끗했다. 내 방은 이렇지 않은데, 하고 나는 어리둥절했다. 남의 집에서 잠이 든 것이었을까, 혹은, '의식을 회복하고 보니 병원이더라'라는 경우 속에 있는 것일까 하고 나는 생각했다.

기억, 특히 어렸을 때의 기억이지만, 친척집에 놀러 갔다가 자고 오지 않으면 안 되게 된 날 밤은 유난히 곧잘 한밤중에 잠이 깨이는 것이고 말똥말똥한 눈으로 천장을 올려다보고 있노라면, 그 집 밖의 가등(街燈)에 켜진 불빛이 창으로 스며 들어와 천장의 무늬들을 희미하게 떠올리는 것이었는데 그러면, 아, 여긴 남의 집이다, 고 깨닫게 되고 우리 집 천장의 무늬를 누운 채 손가락으로 허공에 그려 보며 지금 그 무늬 밑에서 잠들어 있을 집안 식구들의 생각에 잠을 이루지 못하고 있다가 동이 트자마자 살그머니 그 친척집을 빠져 나와서 집으로 달려와 버리던 적이 많았다. 그러나 그건 한밤중의 일이었지만 지금은 대낮이다. 그리고 그건 옛날, 어렸을 때의 일이었지만 지금은 청년이다. 그리고 그건 내 의식 속에서는 이미 추방돼 버린 고향에서의 일이었지만 지금 여기는 서울이다.

나는 천천히 고개를 돌려 천장을 올려다보았다. 천장은 아무런 무늬도 없는 갈색 합판으로 되어 있었다. 무늬가 있다면 파문(波紋)을 닮은 나무결이 겨우 알아볼 수 있을 정도인 것이다. 더구나 천장이 꽤 높았다. 나의 방은 이렇지 않은 것이다. 일어서면 머리를 숙여야 할 정도로 천장이 낮고 거기엔 육각형의 무늬 있는 도배지가 발라져 있는

데 그것은 처음엔 푸른색이었던 모양이지만 지금은 빗물
이 새어서 만들어진 얼룩 등으로 누렇게 변색되어 있다.
더구나 내 방의 천장은 지금 내가 누워서 보고 있는 천장
처럼 팽팽하지가 않고 가운데 부분이 축 늘어져서 포물선
을 이루고 있는 것이다. 빈민가의 집들에서만 볼 수 있는
천장. 그렇다, 나의 방은 동대문 곁에 있는 창신동(昌信洞)
빈민가에 있는 것이다. 지구가 부서졌다가 다시 생겨난다
해도 그 나의 방은 지금의 이 방처럼 깨끗하지가 못하다.
나는 얼른 고개를 돌려서 좀 전에 내가 코를 대고 낮잠을
자던 하얀 벽을 살펴보았다. 이것이 내 방이라면, 신문지
로써 도배된 벽엔 볼펜 글씨의 이런 낙서가 분명히 있을
터이다. '창신동에 사는 사람들은 모두 개새끼들이외다.'

나는 그 낙서가 언제부터 거기에 있었는지 모르지만, 나
처럼 전에 이 방에 하숙을 들어 있던 사람이, 밖에 비라도
오는 어느 날, 할 일 없이 누웠다가 누운 그 자세대로 손
만을 들어서 적어 놓은 것이라는 상상을 할 수는 있었다.
왜냐하면 그 방이(그 방의 밖에서 들려 오는 소음까지 포
함해서) 그 방 속에 있는 사람들에게 주는 절망감이라든지
그리고 무엇보다도 자기는 이 넓은 세계 속에서 더러웁기
짝이 없는 이 방만을 겨우 차지할 수밖에 없느냐는 자기
혐오에서 그 방 속에 든 사람은 누구나 그런 낙서를 하지
않았더라면 아마 내가 했을지도 모른다는 것이다. 그래서
나는 그 30년대(年代)식의 표현을 사랑했다. 그리고 대가
(大家)의 문장(文章)처럼 믿음직스럽다고 생각하고 있었던

것이다. 지상(地上)에 있는 헤아릴 수 없이 많은 방들 중에서 내가 나의 방을 구별해 낼 수가 있다면 그 낙서로써 그럴 수밖에 없을 것이다.

나는 내가 방금 잠이 깬 방의 하얀 회가 발라진 벽을 찬찬히 살펴보았다. 그러나 그 낙서는 없었다. 지나치게 깨끗했다. 그러자 나는 내가 누워 있는 방 전체를 보고 싶어져서 천천히——내가 몸을 돌렸을 때 나는 방 가운데서 무서운 괴물이라도 보지 않을 수 없다는 듯이 천천히 반대편으로 돌렸다. 물론 괴물 같은 건 없었다. 내가 덮고 있던 홑이불 자락이 내 몸 밑으로 깔렸을 뿐이다.

나는 방안을 찬찬스럽게 눈으로 더듬었다. 내 오른쪽 벽의 구석진 곳에 다색(茶色)의 나왕으로 된 방문이 있다. 내 맞은편 벽에 기대서 책들이 좀 무질서하게 줄을 지어 서 있다. 나를 향하고 있는 책의 등에 적혀진 그 책들의 표제(表題)를 나는 읽었다. 《연극 개론》《비극론》《현대 희극의 제문제》《현대 연극의 대사》《HISTORY OF DRAMA》등. 이것은 내 전공 부문의 책들, 바로 나의 책들이었다. 그리고 핀이 빠졌는지 카렌다가 벽에서 떨어져서 마치 단정치 못한 여자가 주저앉아 있는 듯한 모습으로 방바닥에 널려져 있고, 왼쪽 벽 구석 가까이에 잉크병, 노트들, 펜들, 나의 세면 도구, 재떨이, 담배가 몇 개비 빈 '진달래', 찌그러진 성냥통 그리고 내 기타가 역시 무질서하게 놓여져 있거나 벽에 기대어져 있고 벽의 옷걸이에는 내 옷들이 걸려져 있었다. 모든 것이 나의 소유였다. 그러면 이건 나의 방이다, 라고 나는 생각했다. 그러나 방은, 여기저기 붙어 있어야 할 여자의 나체 사진 한 장도 없이 이렇게 깨끗하고 아담할 리가 없는 것이다.

더구나 밖에서는 아무 소리도 들려 오지 않는 것이다. 나의 방바닥에 풀어 놓은 팔목 시계를 보았다. 네 시였다.

오후 네 시라면, 방에서 멀지 않은 시장에서 장사치 여자들이 떠들어대는 소리, 집 안에서 나는 수도물 흐르는 소리, 옆방에서 무슨 내용인지는 모르나 들려 오는 웅웅거림, 창밖으로 지나가는 기동차의 덜커덕거리는 궤음(軌音)과 경적(警笛)의 날카로운 소리가 들려 와야 하는 것이다. 거대한 기계가 돌아가고 그 기계에 수많은 새들이 치어 죽어 가는 경우를 상상할 때, 그런 경우에 곁에 서 있는 사람이 들을 수 있는 소리를 나는 듣고 있어야 하는 것이다. 그런데 조용하다. 아무 소리도 없는 것이 이상하다. 마치 여름날 숲속에 들어앉아 있는 것처럼 조용하다.

그러자 방 밖에서 마루를 가볍게 걷는 소리가 나고 잠시 후에 피아노 소리가 쾅 울려 왔다. 바로 방문의 밖인 듯싶었다.

피아노 소리라니, 이 빈민굴에. 아, 그러자 나는 생각났다. 네 시. 피아노 소리. 이 병원처럼 깨끗한 방.. 나는 약 일주일 전에 창신동의 그 지저분한 방에서 이 깨끗한 양옥으로 하숙을 옮겼던 것이다.

들려 오고 있는 곡은 〈엘리제를 위하여〉였다. 내가 옮겨 온 뒤의 약 일주일 동안 매일 오후 네 시에 피아노가 울렸

고 그 곡은 〈엘리제를 위하여〉였었다. 아마 내가 오기 전
에도 네 시에 피아노가 울렸고 그 곡은 〈엘리제를 위하여〉
였었을 것이다.

나는 그제야 기지개를 켜고 일어나 앉았다. 생각하면 어
처구니없는 기억의 단절이었다.

물론 무엇인가를 깜박 잊어버리는 때가 흔히 있는 법이
다. 우스운 얘기지만 심지어 오줌 누는 법을 잊어버린 때
도 있었다. 어느 다방에 가서(그 다방은 어느 건물의 이층
에 있었는데 나는 무슨 생각엔가 잠겨서 계단을 느릿느릿
걸어 올라갔었다) 다방 문의 밖에 있는 화장실에 들렀을
때였다. 그때 나는 긴급한 생리적 필요에도 불구하고 어떻
게 소변 보는가를 깜박 잊어버린 것이다. 나는 몹시 당황
했었다. 잠시 후 곧 나는 우선 바지 단추를 끌러야 한다는
습관으로 되돌아올 수 있었지만 여간해서 있을 수 없는 습
관의 단절조차 경험했던 건 확실한 얘기이다. 아무리 그렇
지만 일주일이 방 하나와 친밀해지는 데는 충분한 시간이
라고 나 역시 생각한다. 낮잠에서 깨어났을 때 내가 약 일
주일 전에 이사 온 방에서 상당한 시간 동안 생소함을 느
꼈던 것은 그 일주일이란 시간보다도 더 길게 나를 따라다
니는 어떤 심리적인 원인 때문이 아니었을까?

내가 이 병원처럼 깨끗한 양옥으로 하숙을 들게 된 것은
나를 꽤 아껴 주는 다정다감한 어느 친구의 호의에서 나온
권유 때문이었다.

언젠가, 밖에서는 비가 뿌리는 날, 창신동의 그 퀴퀴한

냄새가 나고 하루 종일 가야 타블로이드 판 크기의 창 하
나로 들어오는 한 움큼이나 될까말까 한 햇볕을 아껴야 하
는 내 하숙방에 앉아서, 마침 돈이 떨어져서 그리고 단골
술집엔 외상의 빚이 너무 많아서 또 외상을 달라는 염치도
없고 해서 옆방의 영자에게서 빈 푼돈으로 술 대신 에틸알
콜을 사다가 물에 타서 홀짝홀짝 마시며 혼자 취해서 언젠
가 내가 내동댕이쳐서 갈래갈래 금이 간 거울 앞에 얼굴을
갖다 대고 찡그려 보았다가 웃어 보았다가, 제법 눈물도
흘려 보고 있는데, 그 다정한 친구가 찾아왔던 것이다. 그
친구는, 내 생활이 그래 가지고는 도저히 희망 없는 것이
라고, 그리고 내 생활 태도에는 일부러 타락한 자의 그것
을 닮으려는 점이 엿보인다고 진심으로 걱정해 주며, 빈민
가에서의 그렇게 무질서하고 퇴폐적인 생활과 질서가 잡
히고 규칙적인 또 한쪽의 생활과의 비교도 재미있지 않겠
느냐고 나를 타이르는 식으로 얘기하며, 자기 친척 중에서
퍽 가풍이 좋은 집안이 하나 있는데 거기에 자기가 나의
하숙을 부탁해 보고 싶다는 것이었다. 고마운 얘기일 수밖
에 없었다. 사실 나 자신도 나의 무궤도하고 부랑아 같은
생활 태도를 비록 내 천성의 게으름과 가난한 자들의 특징
인 금전의 낭비벽, 그리고 이제는 돌아갈 고향도 없이 죽
는 날까지 이 서울에서 내 힘으로 살아가야 한다는 절망감
에다가 핑계를 대고 변명해 보려 했지만 아직 젊다는 이유
하나만으로써도 내 생활 태도 개선의 가능은 충분하다는
점에 생각이 미치면 나도 나 자신의 기만을 인정치 않을

수 없곤 했던 참이라 그 친구의 의견을 고맙다고 할 수밖
에 없었다. 그러나 그 무렵에 나는 돈에 퍽 쪼들리고 있었
으므로 당장 그 친구의 의견을 좇을 수는 없게 되었었다.
버스 탈 돈마저 떨어져서 매일 방에 들어박힌 채 희곡 습
작이나 하고 있을 때였다.

그리고 오래 후, 다행히 어느 쇼단에 촌극용(寸劇用) 코
메디 각본이 몇 편 팔리고 거기서 생긴 수입이 꽤 되었으
므로 오랫 동안 내심 일종의 간절한 욕망으로서 계획해 오
던 이주(移住) 건을 역시 그 친구의 권유를 따라서 실행한
것이 약 일주일 전인 것이었다. 그리고 매일 오후 네 시가
되면 나는 〈엘리제를 위하여〉를 듣게 되었다. 피아노는 이
집의 며느리가 치는 것이었다. 이 집 식구의 구성은 '할아
버지'로 불리는 키가 작고 마른 편인 영감과 '할머니'로
불리는 역시 키가 작고 마른 편인 노파, 그리고 어느 대학
에 물리학 강사로 나가는 아들과 그 부인인 '며느리', 대
학 강사의 여동생인 여고생, 대학 강사의 세 살 난 딸, 식
모로 되어 있었다. 할아버지는 나를 이 집으로 데려다 준
친구의 큰아버지 뻘이라고 했고 말하자면 나의 생활 태도
를 바꾸어 놓겠다는 책임을 진 분이었다.
　나는 내가 이사를 온 첫날 저녁, 할아버지 앞에 불려 나
가서 들은 얘기를 지금도 기억한다. 그것은 일종의 오리엔
테이션이었다. 몇 가지 나의 가족 관계에 대해서 묻고 나
서, 할아버지는 갑자기 내가 6·25때는 몇 살이었느냐고

물었다. 정확한 나이는 얼른 계산이 되지 않아서, 열 살이었던가요 하고 내가 우물쭈물 대답하자, 할아버지는 아마 그럴 거라고 하며 사변이 남겨 놓고 간 것이 무엇인 줄을 모르겠군 하고 말했다. 그래서 나는 사변 전에 있었던 것에 대해서는 알 수가 없고, 있다고 해도 어린 아이로서의 기억밖에는 가지고 있지 않으므로 무엇이 사변 후에 더 보태지고 없어진 것인지는 모르겠다고 솔직이 대답했다. 그러자 할아버지는 고개를 끄덕이고 나서 그것은 가정의 파괴라고 한마디로 얘기했다. 그렇게 말하는 투가 마치 내가 나쁜 일을 해서 책망이라도 한다는 것처럼 단호하고 험악했기 때문에 나는 정말 죄를 지은 기분이 되어 꿇어앉았던 자세를 더욱 여미었다. 그리고 오랫 동안, 정말 오랫 동안, 나는 이사를 한다는 흥분과 긴장과 피로 속에서 하루를 보내었기 때문에 졸음이 퍼붓는 걸 참아 가며 할아버지의 관(觀)이랄까 주의(主義)랄까를 들었다.

그것은 혼미(昏迷) 가운데서 들은 것을 두서가 없는 대로 요약한다면 다음과 같았다. 가풍(家風)이 없는 가정은 인간들의 모임이 아니다. 가풍이란 질서 정신(秩序精神)에 의해서 성립되어야 한다. 우리 나라의 가정은 사변 때 식구들의 생사조차 서로 모를 정도로 파괴되었다. 그래서 더욱 가정의 귀중함을 알았지 않느냐. 그러니 질서 정신에 입각해서 각기 가정은 가풍을 만들어 가야 한다. 그리하는 데 장애가 아주 많은 게 우리들이 처한 현실이다. 그럴수록 우리는 지나치다 할 정도로 자신들에게 엄격해야 한다.

대강 이런 것이었다.

가풍, 내게는 낯설기 짝이 없는 단어였지만 며칠 동안에 나는 그 말의 개념이 아니라 바로 그의 실체를 온몸에 느끼게 되었다. '규칙적인 생활 제일주의'가 맨 먼저 나를 휘감은 이 집의 가풍이었다.

아침 여섯 시에 기상(그러나 나의 경우는 자발적인 기상이 아니라 할아버지가 차를 끓여 가지고 손수 들고 와서 나를 깨우고 그 차를 마시게 하고 내가 무안함에 가슴을 두근거리며 황급히 옷을 주워 입으면 아침 산보를 시키는 것이었다. 그래서 나는 늘 수면 부족으로 좀 자유로운 낮엔 늘 낮잠이었다. 그러나 그 집 식구들은 심지어 세 살 난 어린애마저도 그 규칙을 지키고 있는 모양이었다). 아침 식사. 출근 혹은 등교 할아버지도 어느 회사에 중역으로 나가고 있었으므로 집에 남는 건 할머니와 며느리, 어린애와 식모, 그리고 노곤한 몸을 주체하지 못하는 나뿐이었다. 그동안 나는 오전 열 시경에 며느리와 할머니가 놀리는 미싱 소리를 쭉 듣게 되고 열 두 시경에 라디오에서 나오는 음악을 듣고 오후 네 시엔 〈엘리제를 위하여〉를 듣게 된다. 오후 여섯 시 반까지는 모든 식구가 집에 와 있어야 하고 저녁 식사. 식사가 끝나면 십여 분 동안 잡담. 그게 끝나면 모두 자기 방으로 가서 공부. 그리고 식모가 보리차가 든 주전자와 컵을 준비해서 대청마루 가운데 있는 탁자 위에 놓는 달그락 소리가 나면 그때 시간은 열 시 오륙 분 전. 그 소리가 그치면 여러 방의 문이 열리고 식구들이 모두 나와서 물 한 컵씩을 마시고 "안녕히 주무십 시오"를 한차례 돌리고 잠자리로 들어간다. 세상에 이런 생활도 있었나 하고 나는 놀라지 않을 수 없었다. 식구 중 누구 한 사람 얼굴에 그늘이 있는 사람은 없었다. 나로서 는 상상도 하지 못하던 세계에 온 것이었다. 동대문이 가 까운 창신동 그 빈민가의 내가 들어 있었던 집의 식구들을 생각하지 않을 수 없는 이 정식(正式)의 생활.

내가 간혹 이 양옥 식구들의 얼굴을 생각해 보려 할 때 면, 물론 대하는 시간이 적었던 탓도 있겠지만 그보다는 차라리 아마 낮잠에서 깨어났을 때 내가 지금 있는 방에 대해서 생소감을 느끼던 그런 알 수 없는 이유로써 나는 이 집 식구들의 얼굴을 덮어 누르고 보다 명료하게 떠오르 는 창신동 식구들의 얼굴 때문에 적지 않게 괴로와했다.

내가 들어 있던 집은 판자를 얽어서 만든 형편없이 작은 집이었지만 방은 다섯 개나 되었다. 따라서 겨우 한두 사 람이 들어가 누우면 꽉 차버리는 방들이란 건 말할 필요도 없다. 그 중에서도 좀 넓고 채광도 좋다는 방을 주인 식구 가 차지하고 있고 그 방보다는 못하지만 나머지 세 개에 비하면 빗물도 새지 않을 정도의 방은 방세 지불이 정확한 영자라는 창녀가 들어 있었다. 그리고 유리창이——그 유 리창이란 게 금이 가고 종이가 오려 발라지고 더러웠지만 이 집에서는 유일한 유리창이었다——달린 방에는 오십 쯤 나 보이는 깡마르고 절름발이인 사내가 열 살 난, 열 살이라고는 하지만 영양 실조 등으로 볼이 홀쭉하고 머리

만 커다랗지 몸은 대여섯 살 난, 애들보다 더 작고 말라비
틀어진 딸을 데리고 살고 있었다. 그리고 나머지 방들 중
에서 한 방을 사십대의 막벌이 노동자 서(徐)씨가 그리고
한 방을 내가 차지하고 있었다.

내가 이 양옥으로 와서 그리고 이제는 진절머리가 나기
시작한 〈엘리제를 위하여〉를 피아노로 치고 있는 며느리에
대한 이 집 할아버지의 배려(配慮)에 관하여 알게 되었을
때 맨 먼저 생각난 것이 창신동 그 판자집의 절름발이 사
내와 그의 말라비틀어진 딸이었다.

할아버지는 피아노 소리를 무척 싫어하지만 그러나 여
학교 시절에 피아노 치는 걸 배워 두었다는 며느리의 손가
락을 굳어 버리게 할 수는 없다고 생각했었다. 굳어 버리
게 하다니, 그건 할아버지의 교양이 도저히 허락할 수 없
는 것이었던 모양이다. 그래서 며느리가 피아노를 대할 수
있는 시간도 이 양옥의 규칙적인 생활 속에 끼일 수 있었
던 것이다. 여고에 다니는 딸에 대해서도 비슷한 태도가
아닌가고 나는 생각했다. 저녁 식사 후, 공부 시간이 되면
그 여고생은 자기 방으로 간다. 그리고 열 시가 되면 식모
가 끓여다 놓은 보리차를 마시기 위해서 대청마루로 나온
다. 그동안은 공부를 하고 있는 걸로 되어 있다.

그렇지만 저 창신동의 절름발이 사내는 어떻게 그의 딸
을 교육시켰던가. 나는 그 절름발이 사내는 자기의 어린
딸을 꿇어앉혀 놓고 있는 것을 그 방 앞을 지날 때마다 유
리창을 통하여 볼 수 있었다. 내가 그 방 앞을 지나칠 때
면 거의 항상 그 풍경을 볼 수 있기 때문에 그 빼빼 마른

계집애가 자기 아버지 앞에 꿇어앉아 있지 않은 시간은 언
제인지 알 수 없었다. 밥을 지으러 나올 때거나 수도에서
물을 길어 몸을 한쪽으로 기울이고 비척거리며 걸어갈 때
외에는 항상 꿇어앉아 있었다고 보아야 할 것이다. 유리창
이 막혀 있기 때문에 그 안에서 절름발이는 무슨 얘기를
자기 딸에게 들려주고 있는지 모르지만 그는 쉴 새 없이
입을 놀려 말을 하고 있는 것이었다. 항상 종이와 연필이
계집애 앞에 놓여 있는 걸 보아서 아마 그건 수업 시간인
모양이었다. 절름발이 곁에는 항상 긴 버드나무의 회초리
가 놓여 있었다. 그리고 그 회초리의 매질이 계집애의 몸
위에 퍼부어지지 않는 날을 거의 볼 수가 없었다. 절름발
이는 미친 사람처럼 계집애에게 매를 내리는 것이었다. 그
러면 계집애는 이제 단련이 된 듯이 그 다섯 살짜리 아이
들보다 가냘픈 손으로 머리를 감싸기만 한 채 눈물 한 방
울 흘리지 않고 입 한번 벌리지 않은 채 묵묵히 자기 몸
위에 퍼부어지는 매를 견디어 내고 있는 것이었다. 물론
그 어둑신한 방 속에서 절름발이는 무엇을 가르쳤고 그의
딸은 무엇을 배우고 있었는지 그 내용을 나는 끝내 알지
못하고 말았다. 다만 나는 언젠가 밤이 깊어서, 내가 변소
에 갔을 때 설사병이 났는지 그 계집애가 변소에 앉아서
똥물을 좔좔 쏟고 있고 변소 문에 몸을 구부정하게 기대고
절름발이가 성냥을 계속해서 켜대며 근심스런 얼굴로 그
의 딸을 지켜 보고 있던 광경으로 미루어 보아서 그 유리
창이 달린 어둑신한 방에서 베풀어지던 교육이 결코 엉뚱

한 것은 아니라는 생각만을 내 멋대로 할 수는 있었다.

영자라는 창녀의 얼굴도 여간 또렷하게 나의 기억 속을 차지하고 있는 게 아니었다.

내가 그 집 앞에 붙은 '하숙인 구함'이라는 종이 조각을 발견하고 주인을 만나러 들어갔을 때, 수도에서 발을 씻다가, 아줌마 하숙 구하는 사람 한 명 왔어요, 라고 안에다 대고 소리를 지르던 게 바로 영자였다.

그 집에 내가 하숙을 든 뒤부터, 얼굴이 동글동글하고 눈이 가느다란 영자는 자기 나이가 열 아홉이라고 나를 오빠라 불렀었다. 내가 그 집에 하숙을 정한 후 며칠 사이에 영자의 선천적인 재능에 의해서 나도 금방 친밀감을 느낄 수가 있었다. 왼손 팔목에 있는 검붉은 색의 지렁이 같은 흉터를 내보이며, 이게 뭔 줄 아우 오빠? 하고 묻고 나서 한숨을 푹 쉬며, 옛날에 나 죽어 버리려구 칼로 여길 끊었다우. 그런데 죽지 않고 요 고생이야, 하며 눈물조차 살짝 비치던 영자에게 나는 담배를 얻어 피우는 등 은혜를 많이 입었었다. 영자는 내가 연극 공부를 하고 있다는 걸 알고 나서부터 걸핏하면, 오빠가 유명한 사람이 되면 나도 배우로 써 줘 응? 하고 어리광을 부려 오곤 했었다. 언젠가 '미스 코리아' 선발 대회가 있던 날 신문에서 화관을 머리에 얹고 이브닝 드레스를 입은 당선자들의 사진을 보고 나더니 나와 주인 아주머니더러 심사 위원이 되어 달라고 하며 자기 방에 들어가서, 아마 아껴 간직해 두었던 것인 듯 싶은 분홍색의 한복을 단정하게 입고 나와서 그 집의 좁은

마당을 천천히 거닐며 한 손을 들고, 합격예요? 라고 묻다
가 갑자기 웃음을 터뜨리며, 난 미스가 아닌 걸요 네? 라
고 말하고 나서, 그날은 하루 종일 신경질을 부리던 영자.
또 언젠가는 어디서 알았는지, 광화문께에 엄청나게 잘 알
아맞히는 성명철학자(姓名哲學者)가 한 사람 있다는데 같이
가보지 않겠느냐고 나를 조르는 것이었다. 그런 건 다 엉
터리 수작이라고 내가 얘기하자, 절대로 그렇지 않다고 화
를 내며, 지금 가지고 있는 이름이 나쁘다고 판단되면 좋
은 이름으로 고쳐도 준다고, 그러면 아주 행복한 사람이
될 수 있다고 마치 자기가 그 성명철학자인 것처럼 주장하
는 것이었다. 여러 날을 두고 졸리던 끝에 할 수 없이 내
가, 그럼 같이 가보자고 나서자 영자는 금방 시무룩해지
며, 그렇다고 그 사람은 이름만 가지고도 지금의 신분을
딱 알아맞힌다는데 여러 사람이 있는 데서 갈보라고 해버
리면 좀 얘기가 곤란해지겠다고 하며 발뺌을 하는 것이었
다. 나도 그럴 듯하게 생각되어서, 그럼 그만두자고 해버
렸지만 미련은 남았는지 그 후로도 영자는 곧잘 그 성명철
학자 얘기를 꺼내곤 했었다. 내가 이 양옥으로 이사를 한
다는 날도 영자는, 오빠더러 내 이름을 가지고 가서 좀 알
아봐 달라고 부탁하려 했더니, 하며 섭섭해 하였었다.

　〈엘리제를 위하여〉의 피아노 소리는 이제 며느리의 허밍
까지 어울려서 절정에 도달하고 있었다. 며느리의 허밍이
시작되었으니 잠시 후엔 피아노 소리도 그칠 것이다. 경험
으로 나는 그걸 알고 있었다. 나는 다시 몸을 눕혔다.

　"창신동에 사는 사람들은 모두 개씨끼들이외다"라는
30년대식 표현의 낙서가 적혀 있던 그 방, 그리고 그 집에
살던 사람들은 이 피아노가 둥둥거리는 집에서 생각하면
너무나 먼 곳에 있는 것이었다. 그곳은 버스 하나를 타면
곧장 갈 수 있다는 평범한 가능성마저를 송두리째 말살시
켜 버리는 간격의 저쪽에 있었다. 일주일이란 보수를 치르
고도 여전히 이 하얀 방에 대하여 서먹서먹한 느낌이 드는
것은 그 측량할 길 없는 간격을 내가 아무런 준비도 하지
못한 채 갑자기 뛰어건넜기 때문이 아니었을까. 나도 아주
어렸을 적엔 이런 생활 속에서 자라나고 있었는지 어쩐지
는 모르지만 내 기억이 회답(回答)하는 한 이 양옥 속의 생
활은 지나치게 낯선 것이었다.
　창신동 그 집의 나머지 한 사람 서(徐)씨라는 중년 사내
의 얼굴이 떠오를 때면 더욱 그러하였다.

　빈민가에 저녁이 오면 공기는 더욱 탁해진다. 멀리 도시
중심부에 우뚝우뚝 솟은 빌딩들이 몸뚱이의 한편으로는
저녁 햇빛을 받고 다른 한편으로는 짙은 푸른색의 그림자
를 길게길게 눕힌다. 빈민가는 그 어두운 빌딩 그림자 속
에서 숨쉬고 있었다.
　교과서의 직업 목록 속에서는 찾아볼 수 없는 가지가지
의 일터에서 사람들이, 땀이 말라 끈적거리는 얼굴을 손으
로 비비며 돌아오고 이 마을에 들어서면 그들의 굳어졌던
얼굴들이 풍선처럼 퍼진다. 웃통을 벗은 사내들은 모여 서

서 쉴 새 없이 떠들고 아이들은 자기들 집과 집이 처마를
스칠 듯이 지나가는 기동차의 뒤를 쫓아 환호를 울리며 달
린다. 아낙네들은 풍로를 밖으로 내놓고 그 위에 얹은 남
비 속에 요리책에는 없는, 그들의 그때그때의 사정이 허락
하는 신기한 요리 재료를 끓인다. 이 남비와 저 남비 속에
서 끓고 있는 음식은 나라와 나라 사이의 풍토보다도 더
다르다. 마치 마귀 할멈이 남비 속에 알지 못할 재료를 넣
고 마약을 끓여 내듯이 그네들도 가지가지의 마약을 끓이
고 있는 것이다.

빈민가의 저녁은 소란하기만 하다. 취해서 돌아온 사내
는 기부운, 하고 비명 같은 소리를 지르고 자기가 번 그날
의 품삯을 내보이며 친구들을 끌고 술집으로 간다. 그러면
그 뒤로 그 사내의 아낙이 쫓아와서 사내의 손에서 돈을
빼앗아 쥐고 주먹을 휘둘러 보이며 집 안으로 사라지고 그
러면 뒤에 남은 사람들은 싱글싱글 웃으며 노해서 고래고
래 소리지르는 그 사내를 달랜다. 빈민가 가까이 있는 시
장에서 생선의 비린 냄새가 물씬물씬 풍겨 오고 도시의 중
심부에서 바람에 불려 온 먼지가 내려앉고 여기저기의 노
점에 가물가물 카바이드 불이 켜지는 시각이 되면 사내들
은 마치 그것들을 피하기라도 하려는 듯이 자기들의 키보
다 낮은 술집으로 몰려든다.

나도 그곳에 하숙을 정하고 나서부터 매일 저녁때면 술
집으로 걸어갔다. 흙탕물 속의 기포(氣泡)처럼 그 어수선
한 마을에서 술집들만은 맑고 조용했다. 물론 사내들은 떠

들며 얘기하고 혹은 코피를 흘리며 싸움들을 하곤 하는 것이지만 그것이 거리에서가 아니라 술집 안에서 일어나는 경우엔 왜 그렇게 맑은 것으로 보이는지 나는 알 수 없었다.

내가 단골처럼 드나든 곳은 '함홍집'이라는 함경도에서 왔다는 노파가 경영하는 술집이었다. 긴 의자의 한쪽 끝에 자리를 잡고 주모(酒母)가 따라 주는 술잔을 받아 마시며 나는 술보다는 그 술집의 분위기에 마음을 빼앗기고 있었다. 사람들 사귀려는 생각은 아예 없었으므로 나는 항상 혼자 그렇게 앉아 있었다. 꽤 오랜 시간이 지나고 알맞게 취했다고 생각되면 나는 셈을 하고(외상으로 하는 날이 더 많았지만) 그 바라크 밖으로 나왔다. 그리고 고개를 쳐들면, 저만치서 관광객들을 위하여 형광의 조명을 한 동대문이 그의 흰한 모습을 밤하늘에 도사려 보이고 있는 것이었다.

지금도 눈앞에 보이는 듯하다, 밤의 동대문 모습이.

그곳에 자리잡은 지 얼마 되지 않은 어느 날 저녁, 역시 내가 긴 의자의 한쪽 끝을 차지하고 누런 술을 내려다보며 앉아 있는데 내 곁에 어떤 사람이 털썩 주저앉더니 주모에게 술을 청하고 나서 내 등을 툭 치며 말을 건네는 것이었다. 사십쯤 나 보이는, 턱에 수염이 짙고 커다란 몸집에 해진 군용(軍用) 작업복을 입고 있는 그 사내는, 영자가 있는 집에 새로 들어온 젊은이가 아니냐고 내게 묻는 것이었다. 그렇다고 했더니 그 사람은 퍽 사람 좋게 웃으면서 자기도 그 집에 방을 빌어 들고 있는 사람인데 인사가 그리 늦을 수가 있느냐고 하며 자기를 서(徐)씨라고 불러 달라고 했다. 같은 집에 있으면서도 그 서씨가 아침 일찍 나가서 저녁에는 내가 늦게 들어가는 셈이었기 때문에 그때까지 나는 서씨라는 사람이 그 집에 들어 있다는 걸 알고 있지 못했지만 그는 용케 나를 보았고 그리고 기억해 두고 있었던 모양이다. 서씨를 알게 된 것은 그렇게 해서였다. 술잔이 오고가는 동안 나도 말이 하고 싶어져서, 고향이 어디십니까, 가족은 어디 계십니까, 무슨 일을 하고 계십니까 하고 좀 귀찮아 할 정도로 서씨에게 물어 대었다. 그러나 서씨는 별로 귀찮아 하지도 않고 고향은 함경도, 6·25때 단신 월남, 지금은 공사장 같은 데서 힘을 팔고 있다고 고분고분 들려주었다

그 후로 나는 거의 매일 그 서씨와 함께 '함흥집'엘 드나들게 되었다. 그는 마실수록 착한 사람의 전형이었다. 굵게 쌍꺼풀진 눈매는 가난한 사람답지 않게 빛나고 있어서 차라리 보는 사람에게 열등감을 줄 정도지만 그는 그 눈으로써 상대편에게 친밀감을 나타낼 줄도 알았다. 영리해 보이지도 않고 오히려 행동이며 머리 돌아가는 건 그 반대인 듯했다. 두꺼운 입술 사이를 비집고 나오는 듯한 그의 함경도 사람답지 않게 느린 말씨가 더욱 그것을 증명해 주었다.

그는 주량이 놀라울 정도로 컸다. 그는 곧잘, 자기가 버는 돈은 아마 모두 이 술집으로 들어갈 거라고 하며 그리

고 그건 좋은 일이 아니겠느냐고 말하며 너털웃음을 웃곤
했다.

　그의 술버릇은 대단히 좋아서 취하면 떠들어대는 건, 서
씨에겐 어린애로나밖에 보이지 않을 이쪽이었다. 술이 취
해서 그와 어깨동무를 하고——그의 키가 아주 컸기 때
문에 나는 그의 허리를 껴안은 셈이 되지만——비틀거리
며 밖으로 나오면 그는 어두운 밤하늘을 배경으로 하고 훤
한 모습으로 솟아 있는 동대문을 향하여 한 눈을 찡긋거려
눈짓을 보내곤 했다.

　서씨는 밤에 보는 동대문이 좋으냐고 물으면, 아니 젊은
이도 저 동대문을 좋아하느냐고 오히려 되물어 왔다. 낮에
는 거기서 귀신이라도 나올 것 같기 때문에 기분나쁘지만
형광빛의 조명을 받고 있는 밤에는 참 아름다와서 좋다고
내가 대답하면, 자기는 좀 별다른 의미로 동대문을 사랑하
고 있다고 말했다. 자기와 동대문은 퍽 친하다는 것이었
다. 마치 어떤 살아 있는 사람과 친하듯이 친하다고 했다.
나는 그 말이 무엇을 의미하는지를 다음과 같이 하여 알게
되었다.

　그날 밤도 술집에서 돌아와서 서씨는 자기 방으로 가고
나도 내 방으로 돌아와서 옷을 입은 채 이불 위에 쓰러져
잠이 들어 있는데, 몇 시쯤 됐을까, 누가 나를 흔들어 깨
우는 것이었다. 서씨였다. 서씨의 입에서 여전히 단 냄새
는 나고 있었으나 그래도 술은 깬 모양이었다. 나는, 지금
몇 시쯤 됐느냐고 물었더니, 자기도 잘 모르지만 아마 새

벽 두 시나 세 시쯤 됐을 거라고 대답하며 보여줄 게 있으
니 나더러 자기를 조용히 따라오라고 말했다. 마치 보물을
캐러 가는 소년들이 비밀을 얘기하는 속삭임과 같은 그런
말투였다. 나는 그의 그러한 기세에 눌려 오히려 내가 쉬
쉬 해가며 그를 따라서 밖으로 나섰다. 골목에는 가로등이
켜져 있었다. 우리는 일부러 어두운 곳만을 골라서 몸을
숨겨 가며 걸었다. 도중에 내가 지금 우리는 어디로 가고
있느냐고 물었더니 그는 동대문이라고 대답했다. 통행 금
지가 되어 있는 이 시간에, 가로등만이 거리를 지키고 있
는 이 시간에 서씨가 나와 함께 동대문에 갈 필요는 무엇
인지. 나는 의혹과 불안에 눈알을 둥글둥글 굴리면서도 얌
전하게 그를 따라서 고양이 걸음을 하고 있었다.

잠시 후에 우리는 한길 저편에, 기왓장 하나하나까지도
셀 수 있을 만큼 밝은 조명을 받고 있는 동대문이 서 있는
곳까지 와서 골목에 몸을 숨겼다. 서씨는 사방을 두리번거
리면서 살펴보고 나서 우리 외에는 아무도 없다는 걸 알아
내자 나에게, 이 골목에 가만히 숨어서 자기가 지금부터
하는 일을 구경해 달라고 말했다. 내가 숨을 죽이고 침을
꿀꺽 삼키면서 그러마고 고갯짓으로 대답하자 그는 히죽
한 번 웃고 나서 재빠르게, 이제까지 내가 알고 있던 사람
이 아닌 전혀 다른 사람처럼 날랜 몸짓으로 한길을 가로질
러 달려가서 동대문 성벽 밑의 그늘에 일단 몸을 숨기고
좌우를 살피고 있었다.

동대문의 본건물은 집채만한 크기의 돌로 된 축대 위에

세워져 있는 것인데 축대의 높이는 6미터 남짓 되어 보이고 그 축대에서 시작되어 역시 커다란 돌이 쌓여 이루어진 성벽이 건물을 반원형으로 둘러싸고 있다. 그 성벽을 서씨는 마치 곡예단의 원숭이가 장대를 타고 올라가듯이 익숙하고 민첩한 솜씨로 올라갔다. 푸른 조명을 받으며 서씨가 성벽을 기어 올라가는 그 광경은 나로 하여금 신비한 나라에 와서 거대한 무대 위의 장엄한 연극을 보는 듯한 감동을 느끼게 하는 것이었다. 단 하나의 넓은 빛살이 펼쳐지고 그 빛에 의해서 풍경이 탄생하여 오만한 마음을 가진 양 흔들리지 않고 정립(定立)해 있는데 그것을 향하여 어쩌면 호소하는 듯한, 어쩌면 도전하는 듯한, 어쩌면 그것의 손짓에 응하는 듯한 몸짓으로 몸의 온갖 근육을 움직이며 성벽을 기어오르고 있는 그 사람은 문득 나에게 전율조차 느끼게 했다.

이윽고 서씨의 몸은 성벽 저 너머로 사라져 버렸다. 그리고 잠시 후에 나는 더욱 놀라운 광경을 보게 되었다. 서씨가 성벽 위에 몸을 나타내고 그리고 성벽을 이루고 있는 커다란 금고만한 돌덩이를 그의 한 손에 하나씩 집어서 번쩍 자기의 머리 위로 치켜올린 것이었다. 지렛대나 도르래를 사용하지 않고서는 혹은 여러 사람이 달라붙지 않고서는 들어 올릴 수 없는 무게를 가진 돌을 그는 맨손으로 들어 올린 것이었다. 그는 나에게 보라는 듯이 자기가 들고 서 있는 돌을 여러 차례 흔들어 보이고 나서 방금 그 돌들이 있던 자리를 서로 바꾸어서 그 돌들을 곱게 내려놓았다.

나는 꿈속에 있는 기분이었다. 고담(古談) 같은 데에 등
장하는 역사(力士)만은 나도 인정하고 있는 셈이지만 이
한밤중에 바로 내 앞에서 푸르게 빛나는 조명을 온몸에 받
으며 성벽을 디디고 우뚝 솟아 있는 저 사내를 나는 무엇
이라고 이름 붙여야 할지 몰랐다.

역사, 서씨는 역사다, 하고 내가 별수없이 인정하며 감
탄이라기보다는 차라리 그 귀기(鬼氣)에 찬 광경을 본 무
서움에 떨고 있는 동안에 그는 어느새 돌아왔는지 유령처
럼 내 앞에서 자랑스러운 웃음을 소리없이 웃고 있었다.

서씨는 역사였다. 그날 밤 나는 집으로 돌아와서 이제까
지 아무에게도 들려주지 않았다는 서씨의 얘기를 들었다.

그는 중국인 남자와 한국인 여자 사이에서 난 혼혈아였
다. 그의 선조들은 대대로 중국에서 이름 있는 역사들이었
다. 족보를 보면 헤아릴 수 없이 많은 장수(將帥)가 있다고
했다. 그네들이 가졌던 힘, 그것이 그들의 존재 이유였고
유일한 유물이었던 모양이었다. 그 무형의 재산은 가보(家
寶)로서 후손에게 전해졌다. 그것으로써 그들은 세상을 평
안하게 할 수 있었고 자신들의 영광도 차지할 수 있었다.
그러나 이 서씨에 와서도 그 힘이 재산이 될 수는 없었다.
이제 와서 그 힘은 서씨로 하여금 공사장에서 남보다 약간
더 많은 보수를 받게 하는 기능밖에 가질 수가 없게 된 것
이다. 결국 서씨는 그 약간 더 많은 보수를 거절하기로 했
다. 남만큼만 벽돌을 날랐고 남만큼만 땅을 팠다. 선조의

영광은 그렇게 하여 보존될 수밖에 없었다. 그리고 서씨는 아무도 나다니지 않는 한밤중을 택하여 동대문의 성벽에서 그 힘이 유지되고 있음을 명부(冥府)의 선조들에게 알리고 있다는 것이었다.

대낮에 서씨가, 동대문의 바로 곁에 서서 행인들 중 누구 한 사람도 성벽을 이루고 있는 돌 한 개의 위치 변화에 관심을 보내지 않고 지나다닐 때, 옮겨진 돌을 바라보며 빙그레 웃고 있는 그의 모습을 나는 쉽게 상상할 수 있었다. 그것이 서씨가 간직하고 있는 자기였고 내가 그와 접촉을 하면 할수록 빨려 들어갈 수 있었던 깊이였던 모양이었다.

그 집——그늘 많은 얼굴들이 살던 그 집에서 나는 나 자신 속에서 꿈틀거리는 안주(安住)에의 동경을 의식하지 않을 수 없었다. 그것은 그 사람들의 헤어날 길 없는 생활 속에 내가 휩쓸려 들어가게 되는 것이 무서웠기 때문이었던 모양이다. 그러나 그곳을 뚝 떠나서 이 한결같은 악기로 연주되는 집에 오자 그것은 견디어 낼 수 없는 권태와 이 집에 대한 혐오증으로 형체를 바꾸는 것이었다. 나란 놈은 아마 알 수 없는 놈인가 보다.

피아노 소리가 그쳤다. 무의식 중에 나는 방바닥에서 팔목 시계를 집어 올렸다. 내가 지금 무슨 행동을 했던가를 깨닫자 나는 쓴웃음이 나왔다. 피아노가 그친 시간을 재보려고 했던 것이다. 그리고 나는 내일도 그 피아노가 그친 시간을 재서 그 시간들을 비교하며 이 집에 대한 혐오증의 이유를 강화시키려고 했던 것이다. 나는 자신에 대해서 어이가 없음을 느꼈다. 이런 느낌이 드는 것은, 그것은 조금 전에 내가 서씨의 그 거짓 없는 행위를 회상했던 덕분이 아니었을까? 서씨가 내게 보여준 게 있다면 다소 몽상적인 의미에서의 성실이었고 그리고 그것은 이 양옥 속의 생활을 비판하는 데도 필수적으로 고려되어야 한다는 것이 아닌가고 내게 생각되는 것이었다. 그러나 이 집으로 옮겨온 다음날 저녁, 식사 시간도 잡담 시간도 지나고 모든 사람들의 공부 시간이 되자 나는 홀로 내 방의 벽에 기대어 앉아서 기타를 퉁겨 보기 시작했던 때의 일을 기억하고 있다. 불현듯이 기타를 켜고 싶어지는 때가 있는 법이다. 그것은 감정의 요구이지만 그렇다고 비난할 건 못 되지 않는가. 내가 줄을 고르며 음을 시험해 보고 있는데 다색(茶色) 나왕으로 된 내 방문이 열리며 할아버지가 들어왔다. 그리고 나의 기타 켜는 시간은 오전 열 시부터 한 시간 동안 할머니와 며느리가 미싱을 돌리는 같은 시각으로 배치되었던 것이다. 위대한 가풍이 내게 작용한 첫번째였다. 그러나 그 이후 내가 내게 주어진 그 시간을 이용해 본 적은 하루도 없었다. 흥이 나지 않아서였다고 하면 적당한 표현이 되겠다.

절망감이 마루 끝에도 마당 가운데서도 방마다에도 차서 감돌던 창신동의 그 집에서는 식구들에게 그들이 오래 전에 잃어버렸던 형체 없는 감동 같은 것을 조금씩은 깨우치고 영혼의 안정에 얼마간은 공헌할 수 있었던 나의 기타는 그래서 노인들이 우연한 한마디에서 갑자기 자기의 늙음을 발견하듯이 낡아빠진 모습으로 방의 구석지에 기대어져 있지 않으면 안 되게 된 것이었다.

처음에 나는 이 집에 대하여 존경심을 가졌다. 그러나 나는 이내 그것이 처음 보는 경치에 보내는 감탄과 같은 성질의 것밖에는 되지 않음을 알았다. 이해와 감정과는 별개의 문제라는 것을 발견한 것도 그때였다. 이 가족의 계획성 있는 움직임, 약간의 균열쯤은 금방 땜질해 버릴 수 있도록 훈련되어 있는 전진적 태도, 무엇인가 창조해 내고 있다는 듯한 자부심이 만들어 준 그늘 없는 표정——문화라는 말을 쓸 수 있는 사람들이 있다면 바로 이 사람들이었다. 그리고 이것이야말로 인간이 희구하는 것이 아니었던가. 이 사람들은 매일매일을 달리고 있는 것이었다. 따라서 어느 지점과의 거리를 단축시키고 있는 셈이었다. 이것이 나의 그들에 대한 이해였다.

그러나 그 어느 지점이 무한하게 먼 곳에 있을 때도 우리는 그들이 거리를 단축시키고 있다고 생각할 수 있을까? 더구나 나로 하여금 기타 켜는 시간의 제약까지를 주어 가면서 말이다. 차라리 이 사람들의 태도야말로 자신들은 걷고 있다고 믿으면서 사실은 매일매일 제자리걸음을 하고 있는 바로 그것이 아닐까. 빈민가에 살던 사람들이 그 끝없는 공전(空轉) 같아 뵈던 생활이 이곳보다는 오히려 더 알찬 것이 아니었을까. 이것이 나의 감정이었다. 그래서 마침내 어느 쪽인가 한편이 틀려 있다는 생각이 나를 몹시 짓누르기 시작했다. 본질적으로는 두 쪽이 같지 않느냐는 의문이 나의 내부 한쪽에서 솟아나오기도 했지만 그보다 더 강한 힘으로 나를 끌고 가는 '어느 쪽인가 한편이 틀려 있다'라는 집념은 어디서 나온 것인지 나로서는 알 수 없었다. 그리고 마침내 그것은 발전하여, 미리 그러기로 되어 있었다는 듯이, 나는 이 양옥의 식구들 생활을 빈 껍데기에 비유하고 있었다. 빈 껍데기의 생활, 아니라면 적어도 방향이 틀린 생활, 습관적인 생활에 불과하다는 생각이 나를 끌고 갔다. 이 순간에 나는 꼭 무슨 행동을 해야만 할 것 같았다. 그리고 내가 한 행동이 누군가 좀 현명하고 인간을 잘 아는 사람에 의해서 심판받았으면 좋겠다고 생각했다.

꼭 무슨 행동이 필요하다는 충동이 그날 오후 내처 나를 쿡쿡 찔렀다. 나는 누운 채 천장을 올려다보았다. 무늬 없는 합판으로 된 갈색의 천장. 벽을 향하여 얼굴을 돌리면 병원의 그것처럼 깨끗한 벽.

그날 오후 식구들이 돌아올 무렵에 나는 밖으로 나섰다. 나는 지금 내가 계획하고 있는 것이 근본적으로는 이 집 식구들을 바꾸어 놓으리라고는 물론 생각하지 않았다. 그러나 무엇인가 해야만 한다는 의무감에 가까운 생각이 나로 하여금 느릿느릿 걸어서 어느 약방 앞에까지 가게 됐다. 벌써 날이 어두워져 가고 있었기 때문에 약방 안의 진열장 안에는 불이 밝게 켜져 있었다. 그래서 거기에 진열되어 있는 약병이나 상자들은 장난감처럼 귀여워 보였다.

나는 약방의 문턱에 서서 허리를 구부리고 진열장 안을 구경했다. 고개를 들어 보니 아주머니 한 사람이 진열장의 저편에서 목을 이쪽으로 내밀어 나를 굽어보고 있었다. 나는 아주머니를 향하여 히쭉 웃어 보이고는 이제 마치 무엇을 찾고 있는 듯한 태도로 진열장 안을 기웃거렸다. 나는 머뭇거리고 있는 것이었다. 무얼 찾느냐고 아주머니가 친절한 음성으로 물었다. 나는 여전히 고개를 숙인 채 진열장을 두리번거리면서, 홍분제(興奮劑) 있느냐고 대답했다. 얼마나 필요하느냐고 아주머니가 물었다. 나는 속으로 그집 식구들을 헤어 보았다. 할아버지, 할머니, 대학 강사, 며느리, 여고생, 식모, 손주딸, 모두 일곱 사람이었다. 나는 한 사람의 7 회분을 달라고 했다. 그러면서 그제야 나는 고개를 똑바로 들었다. 아주머니는 필요 이상으로 엄숙한 표정을 지으면서 상점의 안쪽에 있는 진열장으로 가서 정제(錠劑)의 약을 하얀 종이에 싸서 가지고 나왔다.

셈을 하고 돌아서자 아까와는 달리 내 기분이 싸늘해져 있음을 느꼈다. 안도와 같은 것이었다. 그리고 오래간만에 주위를 천천히 구경할 수 있는 여유를 갖게 되었다. 저녁을 맞으면서 내 주위에는 셀 수 없이 많은 양옥들이 줄을 지어 서 있었다. 집집의 창마다 밝은 불이 켜져 있고 옛날의 그 마을에서와는 달리 조용하였고 향긋한 음식 냄새가 새어 나오고 있었다. 그러자 나는 나 자신이 이 평온한, 부자유하게 평온한 마을을 해방시켜 주러 온 악마라는 생각이 문득 들었고 어쩐지 그것이 나를 즐겁게 했다. 혹은

그 빈민가가 파견한 척후인지도 몰라, 라고 나는 생각하며
나는 그 빈민가에 대하여 요 며칠 동안 지니고 있던 죄의
식 비슷한 것이 사라져 있음을 깨달았다. 일종의 비겁한
보상 행위(報償行爲)라고 누가 곁에서 말했다면 나는 정말
즐거워서 고개를 끄덕이며 웃었을 것이다.

내가 집으로 돌아왔을 때 식구들은 밥상을 받아 놓은 채
내가 올 때까지 기다리고들 있었다.

밤 열 시 십 분 전이었다. 이제 몇 분만 있으면 식모는
보리차가 든 주전자와 컵을 대청마루 가운데의 탁자 위에
올려놓을 것이다. 식구들이 나오기 전에 먼저 내가 그 음
료수에 빻아 놓은 가루약을 넣어야만 하는 것이었다. 나는
약봉지를 들고 내 방문에 몸을 대고 식모를 기다리고 있었
다. 그리고 그때 나는 만일 내가 이 집 식구들의 음료수에
가루약을 타지 않고 지금 바로 그 빈민가로 돌아간다면 거
기서 나는 무슨 행동을 할 것인가고 생각해 보았다. 그러
나 그것을 생각해 낼 수가 없었다. 오히려 나는 내가 결코
그곳으로 돌아가지는 않으리라는 걸 잘 알고 있었다. 이
생각은 아까 저녁때 약방에 가기 전의 생각과는 좀 모순된
다는 것도 깨닫고 있었다. 그렇다고 스스로 무의미하다고
인정하고 있는 이 계획을 중지하고 싶지도 않았다. 이것은
천박한 장난? 그렇지만 나는 기도하는 것처럼 엄숙했었
다.

드디어 다른 식구들에 비하여 유난히 조용조용한 식모

의 발자국소리가 나고 주전자의 달그락거리는 소리가 났다. 식모가 문단속을 하러 나가는 소리가 난 뒤, 나는 조용히 방문을 열었다. 그리고 가루약은 성공적으로 음료수에 용해되었다.

　나는 내 방으로 돌아와서 다소 들뜬 마음으로 기다리고 있었다. 얼마 후, 나는 모두들 그 물을 마시는 것을 분명히 보았고 그들이 각기 자기 방으로 돌아가는 것을 보았다. 그리고 그들의 방의 불도 꺼졌다. 그러나 그들이 과연 잠을 이루고 있을까. 나는 그들이 다시 자기들의 방에 불을 켜고 앉아서 왜 잠이 오지 않고 마음이 들뜨는가를 생각하고 있기를 바랐다. 나는 조용히 문을 열고 대청마루로 나와서 의자 위에 앉았다. 나는 기다리고 있었다, 그들의 방마다 불이 켜지기를.

　꽤 오랜 시간이 지났다. 아무 소식이 없었다. 그러자 나는 잠들지 못하고 몸을 이리저리 뒤척이고 있을 그들을 상상해 보았다. 지금 그들은 잠든 체하고 있을 뿐인 것이다. 내가 이제라도 꽝 하고 피아노를 울리기 시작한다면 그들은 구원이라도 받은 듯이 뛰어나오리라. 물론 이 밤중에 무슨 소란이냐고 나를 나무란다는 대의명분으로써. 나는 피아노에 생각이 닿는 것이 기뻤다. 나는 피아노 앞으로 다가갔다. 그리고 뚜껑을 열었다. 건반들이 어둠 속에서 웃고 있었다. 나의 손가락들이 건반 위에 놓여졌다. 이제 손에 힘만 주면 되었다. 물론 곡도 무엇도 아닌 광포한 소리만이 이 집을 떠내려 보낼 것이다.

여기서 공원의 그 젊은이는 그의 얘기를 그치었다.

"그저 덧붙여서 한마디 더 한다면……" 하고 그 젊은이
는 잠시 후에 얘기했다. "그날 밤 피아노가 그토록 시끄럽
게 울렸음에도 불구하고 나를 피아노 앞에서 떼어 내기 위
해서 방문을 열고 나온 사람은 단 한 사람, 할아버지뿐이
었읍니다. 몇 개의 기침 소리를 들은 듯하기도 했읍니다
만."

피아노 앞에서 떨어져 나오면서 자기는 왜 그렇게 고독
함을 느꼈고 그의 방으로 데려다 주기 위하여 그의 손목을
잡고 있는 할아버지의 팔이 왜 그렇게 억세게 느껴졌는지
알 수가 없었다고 말하고 나서 그 젊은이는 나를 빤히 쳐
다보며 물었다.

"어느 쪽이 틀려 있었을까요?"

"글쎄요."
라고 나는 대답하며 생각했다. 나로서는 얼른 믿어지지 않
는 얘기이다. 첫째, 그런 생활이 있을 것 같지 않고, 있다
고 해도 어느 쪽이 반드시 틀렸다고 말할 수도 없고 오히
려 두 쪽 다 잔혹할 뿐이라는 점에서 똑같고, 어느 쪽이
틀렸다고 해도 그것은 그 젊은이가 이질적(異質的)인 사실
을 한눈에 동시에 보아 버리려는 데서 생긴 무리(無理)이
겠지, 라고.

"내가 틀려 있었을까요?"
라고 그 젊은이는 다시 내게 물었다.

"글쎄요."

라고 대답하며 다시 나는 생각했다.

그러고 보니 아무도 틀려 있는 사람은 없는 듯하다. 그렇지만 이것도 자신 있는 생각은 아니고 솔직이 말하면 나도 모르겠다. 알 수 있는 것은 다만, 그 젊은이가 보았다는 두 가지 생활이, 사실 내 바로 곁에서 함께 있다고 하면 나도 좀 멍청해져 버리지 않을 수 없으리라는 느낌뿐이었다.

(1963년)

무진 기행

무진으로 가는 버스

버스가 산모퉁이를 돌아갈 때 나는 '무진 Mujin 10 km'라는 이정비(里程碑)를 보았다. 그것은 옛날과 똑같은 모습으로 길가의 잡초 속에서 튀어나와 있었다. 내 뒷좌석에 앉아 있는 사람들 사이에서 다시 시작된 대화를 나는 들었다. "앞으로 십 킬로 남았군요." "예. 한 삼십 분 후엔 도착할 겁니다." 그들은 농사 관계의 시찰원들인 듯했다. 아니 그렇지 않은지도 모른다. 그러나 하여튼 그들은 색무늬 있는 반소매 샤쓰를 입고 있었고 데드롱 직(織)의 바지를 입었고 지나쳐 오는 마을과 들과 산에서 아마 농사 관계의 전문가들이 아니면 할 수 없는 관찰을 했고 그것을 전문적인 용어로 얘기하고 있었다. 광주(光州)에서 기차를 내려서 버스로 갈아탄 이래, 나는 그들이 시골 사람들답지 않게 낮은 목소리로 점잔을 빼면서 얘기하는 것을 반수면(半

睡眠) 상태 속에서 듣고 있었다. 버스 안의 좌석들은 많이 비어 있었다. 그 시찰원들의 대화에 의하면 농번기이기 때문에 사람들이 여행을 할 틈이 없어서라는 것이었다. "무진엔 명산물이…… 뭐 별로 없지요?" 그들은 대화를 계속하고 있었다. "별 게 없지요. 그러면서도 그렇게 많은 사람들이 살고 있다는 건 좀 이상스럽거든요.""바다가 가까이 있으니 항구로 발전할 수도 있었을 텐데요?""가보시면 아시겠지만 그럴 조건이 되어 있는 것도 아닙니다. 수심(水深)이 얕은 데다가 그런 얕은 바다를 몇백 리나 밖으로 나가야만 비로소 수평선이 보이는 진짜 바다다운 바다가 나오는 곳이니까요.""그럼 역시 농촌이군요.""그렇지만 이렇다 할 평야가 있는 것도 아닙니다.""그럼 그 오륙만이나 되는 인구가 어떻게들 살아가요?""그러니까 그럭저럭이란 말이 있는 게 아닙니까?" 그들은 점잖게 소리내어 웃었다. "원, 아무리 그렇지만 한 고장에 명산물 하나쯤은 있어야지." 웃음 끝에 한 사람이 말하고 있었다.

무진에 명산물이 없는 게 아니다. 나는 그것이 무엇인지 알고 있다. 그것은 안개다. 아침에 잠자리에서 일어나서 밖으로 나오면, 밤 사이에 진주해 온 적군들처럼 안개가 무진을 빙 둘러싸고 있는 것이었다. 무진을 둘러싸고 있던 산들도 안개에 의하여 보이지 않는 먼 곳으로 유배당해 버리고 있었다. 안개는 마치 이승에 한(恨)이 있어서 매일 밤 찾아오는 여귀(女鬼)가 뿜어내 놓은 입김과 같았다. 해가 떠오르고 바람이 바다 쪽에서 방향을 바꾸어 불어오기 전에는 사람들의 힘으로는 그것을 헤쳐 버릴 수가 없었다. 손으로 잡을 수 없으면서도 그것은 뚜렷이 존재했고 사람들을 둘러쌌고 먼 곳에 있는 것으로부터 사람들을 떼어놓았다. 안개, 무진의 안개, 무진의 아침에 사람들이 만나는 안개, 사람들로 하여금 해를, 바람을 간절히 부르게 하는 무진의 안개, 그것이 무진의 명산물이 아닐 수 있을까!

버스의 덜커덩거림이 좀 덜해졌다. 버스의 덜커덩거림이 더하고 덜하는 것은 나는 턱으로 느끼고 있었다. 나는 몸에서 힘을 빼고 있었으므로 버스가 자갈이 깔린 시골길을 달려오고 있는 동안 내 턱은 버스가 껑충거리는 데 따라서 함께 덜그럭거리고 있었다. 턱이 덜그럭거릴 정도로 몸에서 힘을 빼고 버스를 타고 있으면, 긴장해서 버스를 타고 있을 때보다 피로가 더욱 심해진다는 것을 알고 있었지만 그러나 열려진 차창으로 들어와서 나의 밖으로 드러난 살갗을 사정없이 간지럽히고 불어가는 유월의 바람이 나를 반수면 상태로 끌어넣었기 때문에 나는 힘을 주고 있을 수가 없었다. 바람은 무수히 작은 입자(粒子)로 되어 있고 그 입자들은 할 수 있는 한, 욕심껏 수면제를 품고 있는 것처럼 내게는 생각되었다. 그 바람 속에는, 신선한 햇볕과 아직 사람들의 땀에 밴 살갗을 스쳐 보지 않았다는 천진스러운 저온(低溫), 그리고 지금 버스가 달리고 있는 길을 에워싸며 버스를 향하여 달려오고 있는 산줄기의 저편에 바다가 있다는 것을 알리는 소금기, 그런 것들이 이상스레 한데 어울리면서 녹아 있었다. 햇볕의 신선한 밝음

과 살갗에 탄력을 주는 정도의 공기의 저온 그리고 해풍
(海風)에 섞여 있는 정도의 소금기, 이 세 가지만 합성해서
수면제를 만들어 낼 수 있다면 그것은 이 지상(地上)에 있
는 모든 약방의 진열장 안에 있는 어떠한 약보다도 가장
상쾌한 약이 될 것이고 그리고 나는 이 세계에서 가장 돈
잘 버는 제약 회사의 전무님이 될 것이다. 왜냐하면 사람
들은 누구나 조용히 잠들고 싶어하고 조용히 잠든다는 것
은 상쾌한 일이기 때문이다……

그런 생각을 하자 나는 쓴웃음이 나왔다. 동시에 무진이
가까왔다는 것이 더욱 실감되었다. 무진에 오기만 하면 내
가 하는 생각이란 항상 그렇게 엉뚱한 공상들이었고 뒤죽
박죽이었던 것이다. 다른 어느 곳에서도 하지 않았던 엉뚱
한 생각을, 나는, 무진에서는 아무런 부끄럼없이, 거침없
이 해내곤 했었던 것이다. 아니 무진에서는 내가 무엇을
생각하고 어쩌고 하는 게 아니라 어떤 생각들이 나의 밖에
서 제멋대로 이루어진 뒤 나의 머리 속으로 밀고 들어오는
듯했었다.

"당신 안색이 아주 나빠져서 큰일 났어요. 어머님의 산
소에 다녀온다는 핑계를 대고 무진에 며칠 동안 계시다가
오세요. 주주 총회에서의 일은 아버지하고 저하고 다 꾸며
놓을께요. 당신은 오랜만에 신선한 공기를 쐬고 그리고 돌
아와 보면 대회생제약회사의 전무님이 되어 있을 게 아니
예요?"라고, 며칠 전날 밤, 아내가 나의 파자마 깃을 손
가락으로 만지작거리며 나에게 진심에서 나온 권유를 했

을 때도, 가기 싫은 심부름을 억지로 갈 때 아이들이 불평을 하듯이 내가 몇 마디 입안엣소리로 투덜거린 것도, 무진에서는 항상 자신을 상실하지 않을 수 없었던 과거의 경험에 의한 조건 반사였었다.

내가 좀 나이가 든 뒤로 무진에 간 것은 몇 차례 되지 않았지만 그 몇 차례 되지 않은 무진행이 그러나 그때마다 내게는 서울에서의 실패로부터 도망해야 할 때거나 하여튼 무언가 새출발이 필요할 때였었다. 새출발이 필요할 때 무진으로 간다는 그것은 우연이 결코 아니었고 그렇다고 무진에 가면 내게 새로운 용기라든가 새로운 계획이 술술 나오기 때문도 아니었었다. 오히려 무진에서의 나는 항상 처박혀 있는 상태였었다. 더러운 옷차림과 누우런 얼굴로 나는 항상 골방 안에서 뒹굴었다. 내가 깨어 있을 때는 수없이 많은 시간의 대열이 멍하니 서 있는 나를 비웃으며 흘러가고 있었고, 내가 잠들어 있을 때는, 긴긴 악몽들이 거꾸러져 있는 나에게 혹독한 채찍질을 하였었다. 나의 무진에 대한 연상의 대부분은, 나를 돌봐주고 있는 노인들에 대하여 신경질을 부리던 것과 골방 안에서의 공상과 불면을 쫓아 보려고 행하던 수음(手淫)과 곧잘 편도선을 붓게 하던 독한 담배 꽁초와 우편 배달부를 기다리던 초조함 따위거나 그것들에 관련된 어떤 행위들이었다. 물론 그것들만 영상되었던 것은 아니다. 서울의 어느 거리에서고, 나의 청각이 문득 외부로 향하면 무자비하게 쏟아져 들어오는 소음에 비틀거릴 때거나, 밤늦게 신당동(新堂洞) 집 앞의 포장된 골목을 자동차로 올라갈 때, 나는 물이 가득한 강물이 흐르고 잔디로 덮인 방죽이 시오리 밖의 바닷가까지 뻗어 나가 있고 작은 숲이 있고 다리가 많고 골목이 많고 흙담이 많고, 높은 포플라가 에워싼 운동장을 가진 학교들이 있고 바닷가에서 주워 온 까만 자갈이 깔린 뜰을 가진 사무소들이 있고 대로 만든 와상(臥床)이 밤거리에 나앉아 있는 시골을 생각했고 그것은 무진이었다. 문득 한적이 그리울 때도 나는 무진을 생각했었다. 그러나 그럴 때의 무진은 내가 관념 속에서 그리고 있는 어느 아늑한 장소일 뿐이지 거기엔 사람들이 살고 있지 않았다. 무진이라고 하면 그것에의 연상은 아무래도 어둡던 나의 청년(靑年)이었다.

그렇다고 무진에의 연상이 꼬리처럼 항상 나를 따라다녔다는 것은 아니다. 차라리, 나의 어둡던 세월이 일단 지나가 버린 지금은, 나는 거의 항상 무진을 잊고 있었던 편이다. 어젯 저녁 서울역에서 기차를 탈 때에도, 물론 전송 나온 아내와 회사 직원 몇 사람에게 일러둘 말이 너무 많아서 거기에 정신이 쏠려 있던 탓도 있었겠지만, 하여튼 나는 무진에 대한 그 어두운 기억들이 그다지 실감나게 되살아오지는 않았다. 그런데 오늘 이른 아침, 광주에서 기차를 내려서 역구내(驛構內)를 빠져 나올 때 내가 본 미친 여자가 그 어두운 기억들을 홱 잡아 끌어당겨서 내 앞에 던져 주었다. 그 미친 여자는 나일론의 치마 저고리를 맵시 있게 입고 있었고 팔에는 시절에 맞추어 고른 듯한 핸

드백도 걸치고 있었다. 얼굴도 예쁜 편이고 화장이 화려했
다. 그 여자가 미친 사람이라는 것을 알 수 있는 것은 쉬
임없이 굴리고 있는 눈동자와 그 여자를 에워싸고 서서 선
하품을 하며 그 여자를 놀려 대고 있는 구두닦이 아이들
때문이었다. "공부를 많이 해서 돌아 버렸대." "아냐, 남
자한테서 채여서야." "저 여자 미국 말도 참 잘한다. 물어
볼까?" 아이들은 그런 얘기를 높은 목소리로 하고 있었
다. 좀 나이가 든 여드름쟁이 구두닦이 하나는 그 여자의
젖가슴을 손가락으로 집적거렸고 그럴 때마다 그 여자는
무표정한 얼굴로 비명만 지르고 있었다. 그 여자의 비명
이, 옛날 내가 무진의 골방 속에서 쓴 일기의 한 구절을
문득 생각나게 한 것이었다.

　그때는 어머니가 살아 계실 때였다. 6·25사변으로 대
학의 강의가 중단되었기 때문에 서울을 떠나는 마지막 기
차를 놓친 나는 서울에서 무진까지의 천여 리(千餘里) 길을
발가락이 몇 번이고 불어터지도록 걸어서 내려왔고, 어머
니에 의해서 골방에 처박혀졌으며 의용군의 징발도 그 후
의 국군의 징병도 모두 기피해 버리고 있었었다. 내가 졸
업한 무진의 중학교 상급반 학생들이 무명지(無名指)에 붕
대를 감고 "이 몸이 죽어서 나라가 산다면……"을 부르며
읍 광장에 서 있는 트럭들로 행진해 가서 그 트럭들에 올
라타고 일선으로 떠날 때도 나는 골방 속에 쭈그리고 앉아
서 그들의 행진이 집 앞을 지나가는 소리를 듣고만 있었
다. 전선이 북쪽으로 올라가고 대학이 강의를 시작했다는

소식이 들려 왔을 때도 나는 무진의 골방 속에 숨어 있었다. 모두가 나의 홀어머님 때문이었다. 모무가 전쟁터로 몰려갈 때 나는 내 어머니에게 몰려서 골방 속에 숨어서 수음을 하고 있었다. 이웃집 젊은이의 전사 통지가 오면 어머니는 내가 무사한 것을 기뻐했고, 이따금 일선의 친구에게서 군사 우편이 오기라도 하면 나 몰래 그것을 찢어 버리곤 하였었다. 내가 골방보다는 전선을 택하고 싶어해 가는 것을 알고 있었기 때문이다. 그 무렵에 쓴 나의 일기장들은, 그 후에 태워 버려서 지금은 없지만, 모두가 스스로를 모멸하고 오욕(汚辱)을 웃으며 견디는 내용들이었다. "어머니, 혹시 제가 지금 미친다면 대강 다음과 같은 원인들 때문일 테니 그 점에 유의하셔서서 저를 치료해 보십시오……." 이러한 일기를 쓰던 때를, 이른 아침 역구내에서 본 미친 여자가 내 앞으로 끌어당겨 주었던 것이다. 무진이 가까왔다는 것을 나는 그 미친 여자를 통하여 느꼈고 그리고 방금 지나친, 먼지를 둘러쓰고 잡초 속에서 튀어나와 있는 이정비를 통하여 실감했다.

"이번에 자네가 전무가 되는 건 틀림없는 거구, 그러니 자네, 한 일주일 동안 시골에 내려가서 긴장을 풀고 푹 쉬었다가 오게. 전무가 되면 책임이 더 무거워질 테니 말야." 아내와 장인 영감은 자신들은 알지 못하는 사이에 퍽 영리한 권유를 내게 한 셈이었다. 내가 긴장을 풀어 버릴 수 있는, 아니 풀어 버릴 수밖에 없는 곳을 무진으로 정해 준 것은 대단히 영리한 것이었다.

버스는 무진 읍내로 들어서고 있었다. 기와 지붕들도 양철 지붕들도 초가 지붕들도 유월 하순의 강렬한 햇볕을 받고 모두 은빛으로 번쩍이고 있었다. 철공소에서 들리는 쇠망치 두드리는 소리가 잠깐 버스로 달려들었다가 물러났다. 어디선지 분뇨(糞尿) 냄새가 새어 들어왔고 병원 앞을 지날 때는 크레졸 냄새가 났으며, 어느 상점의 스피커에서는 느려 빠진 유행가가 흘러 나왔다. 거리는 텅 비어 있었고 사람들은 처마 밑의 그늘에 쭈그리고 앉아 있었다. 어린 아이들은 빨가벗고 기우뚱거리며 그늘 속을 걸어다니고 있었다. 읍의 포장된 광장도 거의 텅 비어 있었다. 햇볕만이 눈부시게 그 광장 위에서 끓고 있었고 그 눈부신 햇볕 속에서, 정적 속에서 개 두 마리가 혀를 빼물고 교미를 하고 있었다.

밤에 만난 사람들

저녁 식사를 하기 조금 전에 나는 낮잠에서 깨어나서 신문지국(新聞支局)들이 몰려 있는 거리로 갔다. 이모님 댁에서는 신문을 구독하고 있지 않았다. 그렇지만 신문은, 도회인이 누구나 그렇듯이 이젠 내 생활의 일부로서 내 하루의 시작과 끝을 맡아 보고 있었던 것이다. 내가 찾아간 신문지국에 나는 이모님 댁의 주소와 약도를 그려 주고 나왔다. 밖으로 나올 때 나는 내 등 뒤에서 지국 안에 있던 사람들이 그들끼리 무어라고 수군거리는 소리를 들었다. 아마 나를 알고 있는 사람들이었던 모양이다. "……그래애? 거만하게 생겼는데……." "……출세했다지?……." "…… 옛날…… 폐병……." 그런 속삭임 속에서, 나는 밖으로 나오면서 은근히 한마디를 기다리고 있었다. 그러나 결국 "안녕히 가십시오"는 나오지 않고 말았다. 그것이 서울과의 차이점이었다. 그들은 이제 점점 수군거림 소용돌이 속으로 끌려 들어가고 있으리라, 자기 자신조차 잊어버리면서. 나중에 그 소용돌이 밖으로 내던져졌을 때 자기들이 느낄 공허감도 모른다는 듯이 그들은 수군거리고 수군거리고 또 수군거리고 있으리라. 바다가 있는 쪽에서 바람이 불어오고 있었다. 몇 시간 전에 버스에서 내릴 때보다 거리는 많이 번잡해졌다. 학생들이 학교에서 돌아오고 있었다. 그들은 책가방이 주체스러운 모양인지 그것을 뱅뱅 돌리기도 하며 어깨 너머로 넘겨 들기도 하며 두 손으로 껴안기도 하며 혀 끝에 침으로 방울을 만들어서 그것을 입바람으로 혹 불어 날리곤 했다. 학교 선생들과 사무소의 직원들도 달그락거리는 빈 도시락을 들고 축 늘어져서 지나가고 있었다. 그러자 나는 이 모든 것이 장난처럼 생각되었다. 학교에 다닌다는 것, 학생들을 가르친다는 것, 사무실에 출근했다가 퇴근한다는 이 모든 것이 실없는 장난이라는 생각이 든 것이다. 사람들이 거기에 매달려서 낑낑댄다는 것이 우습게 생각되었다.

이모 댁으로 돌아와서 저녁을 먹고 있을 때, 나는 방문

을 받았다. 박(朴)이라고 하는 무진중학교의 내 몇 해 후
배였다. 한때 독서광(讀書狂)이었던 나를 그 후배는 무척
존경하는 눈치였다. 그는 학생 시대에 이른바 문학 소년이
었던 것이다. 미국의 작가인 피츠제럴드를 좋아한다고 하
는 그 후배는 그러나 피츠제럴드 팬답지 않게 아주 얌전하
고 매사에 엄숙하였고 그리고 가난하였다. "신문지국에 있
는 제 친구에게서 내려오셨다는 얘길 들었습니다. 웬일이
십니까?" 그는 정말 반가와해 주었다. "무진엔 왜 내가
못 올 덴가?" 그렇게 대답하며 나는 내 말투가 마음에 거
슬렸다. "너무 오랫 동안 오시지 않았으니까 그러는 거죠.
제가 군대에서 막 제대했을 때 오시고 이번이 처음이니까
벌써……." "벌써 한 사 년 되는군." 4년 전 나는, 내가
경리(經理)의 일을 보고 있던 제약회사가 좀더 큰 다른 회
사와 합병되는 바람에 일자리를 잃고 무진으로 내려왔던
것이다. 아니 단지 일자리만 잃었다는 이유만으로 서울을
떠났던 것은 아니다. 동거하고 있던 희(姬)만 그대로 내
곁에 있어 주었던들 실의(失意)의 무진행은 없었으리라.
"결혼하셨다더군요?" 박이 물었다. "흐응. 자넨?" "전
아직. 참 좋은 데로 장가드셨다고들 하더군요" "그래? 자
넨 왜 여태 결혼하지 않고 있나? 자네 금년에 어떻게 되
지?" "스물 아홉입니다." "스물 아홉이라. 아홉 수가 원
래 사납다고 하데만. 금년에 어떻게 해보지 그래?" "글쎄
요." 박은 소년처럼 머리를 긁었다. 4년 전이니까 그해의
내 나이가 스물 아홉이었고 희가 내 곁에서 달아나 버릴

무렵에 지금 아내의 전 남편이 죽었던 것이다. "무슨 나쁜 일이 있었던 건 아니겠죠?" 옛날의 내 무진 행의 내용을 다소 알고 있는 박은 그렇게 물었다. "응, 아마 승진이 될 모양인데 며칠 휴가를 얻었지." "잘되셨군요. 해방 후의 무진중학 출신 중에선 형님이 제일 출세하셨다고들 하고 있어요." "내가?" 나는 웃었다. "예, 형님하고 형님 동기(同期) 중에서 조형(趙兄)하고요." "조라니 나하고 지내던 애 말인가?" "예, 그 형이 재작년엔가 고등고시에 패스해서 지금 여기 세무서장으로 있거든요." "아, 그래?" "모르셨어요?" "서로 소식이 별로 없었지. 그애가 옛날엔 여기 세무서에서 직원으로 있었지, 아마?" "예." "그거 잘됐군. 오늘 저녁엔 그 친구에게나 가볼까?" 친구 조는 키가 작았고 살결이 검은 편이었다. 그래서 키가 크고 살결이 창백한 나에게 열등감을 느낀다는 얘기를 내게 곧잘 했었다. '옛날에 손금이 나쁘다고 판단받은 소년이 있었다. 그 소년은 자기의 손톱으로 손바닥에 좋은 손금을 파가며 열심히 일했다. 드디어 그 소년은 성공해서 잘살았다.' 조는 이런 얘기에 가장 감격하는 친구였다. "참 자넨 요즘 뭘하고 있나?" 내가 박에게 물었다. 박은 얼굴을 붉히고 잠시 동안 머뭇거리다가 모교에서 교편을 잡고 있다고, 그것이 무슨 잘못이라도 되는 것처럼 우물거리며 대답했다. "좋지 않아? 책 읽을 여유가 있으니까 얼마나 좋은가. 난 잡지 한 권 읽을 여유가 없네. 무얼 가르치고 있나?" 후배는 내 말에 용기를 얻었는지 아

까보다는 조금 밝은 목소리로 대답했다. "국어를 가르치고
있읍니다." "잘했어. 학교측에서 보면 자네 같은 선생을
구하기도 힘들 거야." "그렇지도 않아요. 사범대학 출신들
때문에 교원 자격 고시 합격증 가지고 견디기가 힘들어
요." "그게 또 그런가?" 박은 아무 말 없이 씁쓸한 미소
만 지어 보였다.

저녁 식사 후, 우리는 술 한 잔씩을 마시고 나서 세무서
장이 된 조의 집을 향하여 갔다. 거리는 어두컴컴했다. 다
리를 건널 때 나는 냇가의 나무들이 어슴푸레하게 물속에
비쳐 있는 것을 보았다. 옛날 언젠가, 역시 이 다리를 밤
중에 건너면서 나는 저 시커멓게 웅크리고 있는 나무들을
저주했었다. 금방 소리를 지르며 달려들 듯한 모습으로 나
무들은 서 있었던 것이다. 세상에 나무가 없다면 얼마나
좋을까 하고 생각하기도 했었다. "모든 게 여전하군." 내
가 말했다. "그럴까요?" 후배가 웅얼거리듯이 말했다.

조의 응접실에는 손님이 네 사람 있었다. 나의 손을 아
프도록 쥐고 흔들고 있는 조의 얼굴이 옛날보다 윤택해지
고 살결도 많이 하얘진 것을 나는 보고 있었다. "어서 자
리로 앉아라. 이거 원 누추해서……. 빨리 마누랄 얻어야
겠는데……." 그러나 방은 결코 누추하지 않았다. "아니
아직 결혼 안 했나." 내가 물었다. "법률책 좀 붙들고 앉아
있었더니 그렇게 돼 버렸어. 어서 앉아." 나는 먼저 온 손
님들에게 소개되었다. 세 사람은 남자로서 세무서 직원들
이었고 한 사람은 여자로서 나와 함께 온 박과 무언가 애

기를 주고받고 있었다.

"어어, 밀담들은 그만 하시고, 하(河) 선생, 인사해요. 내 중학 동창인 윤희중이라는 친굽니다. 서울에 있는 큰 제약 회사의 간사님이시고 이쪽은 우리 모교에 와 계시는 음악 선생님이시고. 하인숙 씨라고, 작년에 서울에서 음악 대학을 나오신 분이지." "아, 그러세요. 같은 학교에 계시는군요." 나는 박과 그 여선생을 번갈아 가리키며 여선생에게 말했다. "네." 여선생은 방긋 웃으며 대답했고 내 후배는 고개를 숙여 버렸다. "고향이 무진이신가요?" "아녜요. 발령이 이곳으로 났기 땜에 저 혼자 와 있는 거예요." 그 여자는 개성 있는 얼굴을 가지고 있었다. 윤곽은 갸름했고 눈이 컸고 얼굴색은 노리끼했다. 전체로 보아서 병약한 느낌을 주고 있었지만 그러나 좀 높은 콧날과 두꺼운 입술이 병약하다는 인상을 버리도록 요구하고 있었다. 그리고 카랑카랑한 목소리가 코와 입이 주는 인상을 더욱 강하게 하고 있었다. "전공이 무엇이었던가요?" "성악 공부 좀 했어요" "그렇지만 하 선생님은 피아노도 아주 잘 치십니다." 박이 곁에서 조심스런 목소리로 끼어들었다. 조도 거들었다. "노래를 아주 잘하시지. 소프라노가 굉장하시거든." "아, 소프라노를 맡으시는가요?" 내가 물었다. "네, 졸업 연주회 땐 〈나비 부인〉 중에서 〈어떤 개인 날〉을 불렀어요." 그 여자는 졸업 연주회를 그리워하고 있는 듯한 음성으로 말했다.

방바닥에는 비단 방석이 놓여 있고 그 위에는 화투짝이

흩어져 있었다. 무진(霧津)이다. 곧 입술을 태울 듯이 타들어 가는 담배 꽁초를 입에 물고 눈으로 들어오는 그 담배 연기 때문에 눈물을 찔끔거리며 눈을 가늘게 뜨고, 이미 정오가 가까운 시각에야 잠자리에서 일어나서 그날의 허황한 운수를 점쳐 보던 그 화투짝이었다. 또는 자신을 팽개치듯이 끼어들던 언젠가의 노름판, 그 노름판에서 나의 뜨거워져 가는 머리와 떨리는 손가락만을 제외하곤 내 몸을 전연 느끼지 못하게 만들던 그 화투짝이었다. "화투가 있군, 화투가." 나는 한 장을 집어서 딱 소리가 나게 내려치고 다시 그것을 집어서 내려치고 또 집어서 내려치고 하며 중얼거렸다. "우리 돈내기 한 판 하실까요?" 세무서 직원 중의 하나가 내게 말했다. 나는 싫었다. "다음 기회에 하지요." 세무서 직원들은 싱글싱글 웃었다. 조가 안으로 들어갔다가 나왔다. 잠시 후에 술상이 나왔다.

"여기엔 얼마쯤 있게 되나?" "일주일 가량." "청첩장 한 장 없이 결혼해 버리는 법이 어디 있어? 하기야 청첩장을 보냈더라도 그땐 내가 세무서에서 주판알 튕기고 있을 때니까 별수도 없었겠지만 말이다." "난 그랬지만 넌 청첩장 보내야 한다." "염려 말아. 금년 안으로는 받아 볼 수 있게 될 거다." 우리는 별로 거품이 일지 않는 맥주를 마셨다. "제약 회사라면 그게 약 만드는 데 아닙니까?" "그렇죠." "평생 병 걸릴 염려는 없겠읍니다그려." 굉장히 우스운 익살을 부렸다는 듯이 직원들은 방바닥을 치며 오랫 동안 웃었다. "참 박군(朴君), 학생들한테서 인기가 대단하더구먼. ……기껏 오 분쯤 걸어오면 될 거리에 살면서 나한테 왜 통 놀러 오지 않았나?" "늘 생각은 하고 있었읍니다만……." "저기 앉아 계시는 하 선생님한테서 자네 얘긴 늘 듣고 있었지. ……자, 하 선생 맥주는 술도 아니니까 한잔 들어 봐요. 평소엔 그렇지도 않던데 오늘 저녁엔 왜 이렇게 얌전을 피우실까?" "네 네, 거기 놓세요. 제가 마시겠어요." "맥주는 좀 마셔 봤겠지요?" "대학 다닐 때 친구들과 어울려서 방문을 안으로 잠가 놓고 소주도 마셔 본걸요." "이거 술꾼인 줄은 몰랐는데." "마시고 싶어서 마신 게 아니라 시험삼아서 맛 좀 본 거예요." "그래서 맛이 어떻습디까?" "모르겠어요. 술잔을 입에서 떼자마자 쿨쿨 자버렸으니까요." 사람들이 웃었다. 박만이 억지로 웃는 듯한 웃음이었다. "내가 항상 생각하는 바지만, 하 선생님의 좋은 점은 바로 저기에 있거든. 될 수 있으면 얘기를 재미있게 하려고 한다는 점, 바로 그거야." "일부러 재미있게 하려고 하는 게 아녜요. 대학 다닐 때의 말버릇이에요." "아하, 그러고 보면 하 선생의 나쁜 점은 바로 저기 있어. '내가 대학 다닐 때'라는 말을 빼놓곤 얘기가 안 됩니까? 나처럼 대학엔 문전에도 가보지 못한 사람은 서러워서 살겠어요?" "죄송합니다아." "그럼 내게 사과하는 뜻에서 노래 한 곡 들려주시겠어요?" "그거 좋습니다." "좋지요." "한번 들어 봅시다." 사람들이 박수를 쳤다. 여선생은 머뭇거렸다. "서울 손님도 오고 했으니까…… 그 지난번에 부르던 거 참 좋습디다." 조는 재촉했다.

"그럼 부릅니다." 여선생은 거의 무표정한 얼굴로 입을 조금만 달싹거리며 노래를 부르기 시작했다. 세무서 직원들이 손가락으로 술상을 두드리기 시작했다. 여선생은 〈목포의 눈물〉을 부르고 있었다. 〈어떤 개인 날〉과 〈목포의 눈물〉 사이에는 얼마큼의 유사성이 있을까? 무엇이 저 아리아들로써 길들여진 성대에서 유행가를 나오게 하고 있을까? 그 여자가 부르는 〈목포의 눈물〉에는 작부(酌婦)들이 부르는 그것에서 들을 수 있는 것과 같은 꺾임이 없었고, 대체로 유행가를 살려 주는 목소리의 갈라짐이 없었으며 흔히 유행가가 내용으로 하는 청승맞음이 없었다. 그 여자의 〈목포의 눈물〉은 이미 유행가가 아니었다. 그렇다고 〈나비 부인〉 중의 아리아는 더욱 아니었다. 그것은 이전에는 없었던 어떤 새로운 양식의 노래였다. 그 양식은 유행가가 내용으로 하는 청승맞음과는 다른, 좀더 무자비한 청승맞음을 포함하고 있었고 〈어떤 개인 날〉의 그 절규보다도 훨씬 높은 옥타브의 절규를 포함하고 있었으며, 그 양식에는 머리를 풀어 헤친 광녀(狂女)의 냉소가 스며 있었고 무엇보다도 시체가 썩어 가는 듯한 무진의 그 냄새가 스며 있었다.

그 여자의 노래가 끝나자 나는 의식적으로 바보 같은 웃음을 띄우고 박수를 쳤고 그리고 육감(六感)으로써랄까, 나는 후배인 박이 이 자리에서 떠나고 싶어하는 것을 알았다. 나의 시선이 박에게로 갔을 때, 나의 시선을 받은 박은 기다렸다는 듯이 자리에서 일어났다. 누군가가 그에게 앉아 있기를 권했으나 박은 해사한 웃음을 띄우며 거절했다. "먼저 실례합니다. 형님은 내일 또 뵙지요." 조는 대문까지 따라나왔고 나는 한길까지 박을 바래다 주러 나왔다. 밤이 깊지 않았는데도 거리는 적막했다. 어디선지 개짖는 소리가 들려 왔고 쥐 몇 마리가 한길 위에서 무엇을 먹고 있다가 우리의 그림자에 놀라 흩어져 버렸다. "형님, 보세요. 안개가 내리는군요." 과연 한길의 저 끝이, 불빛이 드문드문 박혀 있는 먼 주택지의 검은 풍경들이 점점 풀어져 가고 있었다. "자네, 하 선생을 좋아하고 있는 모양이군." 내가 물었다. 박은 다시 그 해사한 웃음을 띄웠다. "그 여선생과 조군(趙君)과 무슨 관계가 있는 모양이지?" "모르겠읍니다. 아마 조형이 결혼 대상자 중의 하나로 생각하고 있는 거 같아요." "자네가 그 여선생을 좋아한다면 좀더 적극적으로 나가야 해. 잘해 봐." "뭐 별로……." 박은 소년처럼 말을 더듬거렸다. "그 속물들 틈에 앉아서 유행가를 부르고 있는 게 좀 딱해 보였을 뿐이지요. 그래서 나와 버린 거죠." 박은 분노를 누르고 있는 듯이 나직나직 말했다. "클라식을 부를 장소가 있고 유행가를 부를 장소가 따로 있다는 것뿐이겠지. 뭐 딱할 거까지야 있나?" 나는 거짓말로써 그를 위로했다. 박은 가고 나는 다시 '속물'들 틈에 끼었다. 무진에서는 누구나 그렇게 생각하는 것이다. 타인은 모두 속물들이라고. 나 역시 그렇게 생각하는 것이다. 타인이 하는 모든 행위는 무위(無爲)와 똑같은 무게밖에 가지고 있지 않은 장난이라고.

밤이 퍽 깊어서 우리는 자리에서 일어났다. 조는 내가 자기 집에서 자고 가기를 권했다. 그러나 다음날 아침에 잠자리에서 일어나서 그 집을 나올 때까지의 부자유스러움을 생각하고 나는 기어코 밖으로 나섰다. 직원들도 도중에서 흩어져 가고 결국엔 나와 여자만이 남았다. 우리는 다리를 건너고 있었다. 검은 풍경 속에서 냇물은 하얀 모습으로 뻗어 있었고 그 하얀 모습의 끝은 안개 속으로 사라지고 있었다. "밤엔 정말 멋있는 고장이에요." 여자가 말했다. "그래요? 다행입니다." 내가 말했다. "왜 다행이라고 말씀하시는 줄 짐작하겠어요." 여자가 말했다. "어느 정도까지 짐작하셨어요?" 내가 물었다. "사실은 멋이 없는 고장이니까요. 제 대답이 맞았어요?" "거의." 우리는 다리를 다 건넜다. 거기서 우리는 헤어져야 했다. 그 여자는 냇물을 따라서 뻗어 나간 길로 가야 했고 나는 곧장 난 길로 가야 했다. "아, 글루 가세요. 그럼……." 내가 말했다. "조금만 바래다 주세요. 이 길은 너무 조용해서 무서워요." 여자가 조금 떨리는 목소리로 말했다. 나는 다시 여자와 나란히 서서 걸었다. 나는 갑자기 이 여자와 친해진 것 같았다. 다리가 끝나는 바로 거기에서부터, 그 여자가 정말 무서워서 떠는 듯한 목소리로 내게 바래다 주기를 청했던 바로 그때부터 나는 그 여자가 내 생애 속에 끼어든 것을 느꼈다. 내 모든 친구들처럼, 이제는 모른다고 할 수 없는, 때로는 내가 그들을 훼손하기도 했지만 그러나 더욱 많이 그들이 나를 훼손시켰던 내 모든 친구들처럼.

"처음에 뵈었을 때, 뭐랄까요, 서울 냄새가 난다고 할까
요, 퍽 오래 전부터 알던 사람처럼 느껴졌어요. 참 이상하
죠?" 갑자기 여자가 말했다. "유행가." 내가 말했다.
"네?" "아니 유행가는 왜 부르십니까? 성악 공부한 사람
들은 될 수 있는 대로 유행가를 멀리하지 않았던가요?"
"그 사람들은 항상 유행가만 부르라고 하거든요." 대답하
고 나서 여자는 부끄러운 듯이 나지막하게 소리내어 웃었
다. "유행가를 부르지 않으려면 거기에 가지 않는 게 좋다
고 얘기하면 내정 간섭이 될까요?" "정말 앞으론 가지 않
을 작정이에요. 정말 보잘것없는 사람들이에요." "그럼 왜
여태까진 거기에 놀러 다녔읍니까?" "심심해서요." 여자
는 힘없이 말했다. 심심하다, 그래 그게 가장 정확한 표현
이다. "아까 박군은 하 선생님께서 유행가를 부르고 계시
는 게 보기에 딱하다고 하면서 나가 버렸지요." 나는 어둠
속에서 여자의 얼굴을 살폈다. "박 선생님은 정말 꽁생원
이에요." 여자는 유쾌한 듯이 높은 소리로 웃었다. "선량
한 사람이죠." 내가 말했다. "네. 너무 선량해요." "박군
이 하 선생님을 사랑하고 있다는 생각을 해본 적은 없었던
가요?" "아이, '하 선생님 하 선생님' 하지 마세요. 오빠
라고 해도 제 큰 오빠 뻘이나 되실 텐데요." "그럼 무어라
고 부릅니까?" "그냥 제 이름을 불러 주세요. 인숙이라고
요." "인숙이 인숙이." 나는 낮은 소리로 중얼거려 보았
다. "그게 좋군요." 나는 말했다. "인숙인 왜 내 질문을 피
하지요?" "무슨 질문을 하셨던가요?" 여자는 웃으면서

말했다. 우리는 논 곁을 지나가고 있었다. 언젠가 여름밤, 멀고 가까운 논에서 들려 오는 개구리들의 울음 소리를, 마치 수많은 비단조개 껍질을 한꺼번에 맞비빌 때 나는 듯한 소리를 듣고 있을 때 나는 그 개구리 울음 소리들이 나의 감각 속에서 반짝이고 있는, 수없이 많은 별들로 바뀌어져 있는 것을 느끼곤 했었다. 청각의 이미지가 시각의 이미지로 바뀌어지는 이상한 현상이 나의 감각 속에서 일어나곤 했었던 것이다. 개구리 울음 소리가 반짝이는 별들이라고 느낀 나의 감각은 왜 그렇게 뒤죽박죽이었을까. 그렇지만 밤하늘에서 쏟아질 듯이 반짝이고 있는 별들을 보고 개구리의 울음 소리가 귀에 들려 오는 듯했었던 것은 아니다. 별들을 보고 있으면 나는 나와 어느 별과 그리고 그 별과 또 다른 별들 사이의 안타까운 거리가, 과학책에서 배운 바로써가 아니라, 마치 나의 눈이 점점 정확해져 가고 있는 듯이 나의 시력에 뚜렷하게 보여 오는 것이었다. 나는 그 도달할 길 없는 거리를 보는 데 홀려서 멍하니 서 있다가 그 순간 속에서 그대로 가슴이 터져 미쳐 버리는 것 같았었다. 왜 그렇게 못 견디어 했을까. 별이 무수히 반짝이는 밤하늘을 보고 있던 옛날 나는 왜 그렇게 분해서 못 견디어 했을까. "무얼 생각하고 계세요?" 여자가 물어 왔다. "개구리 울음 소리." 대답하며 나는 밤하늘을 올려다봤다. 내리고 있는 안개에 가려서 별들이 흐릿하게 떠보였다. "어머, 개구리 울음 소리. 정말예요. 제겐 여태까지 개구리 울음 소리가 들리지 않았어요. 무진의 개

구리는 밤 열 두 시 이후에만 우는 줄로 알고 있었는데
요.""열 두 시 이후예요?"" 네, 밤 열 두 시가 넘으면,
제가 방을 얻어 있는 주인 댁의 라디오 소리도 꺼지고 들
리는 거라곤 개구리 울음 소리뿐이거든요.""밤 열 두 시
가 넘도록 잠을 자지 않고 무얼 하시죠?""그냥 가끔 그
렇게 잠이 오지 않아요." 그냥 그렇게 잠이 오지 않는다.
아마 그건 사실이리라. "사모님 예쁘게 생기셨어요?" 여
자가 갑자기 물었다. "제 아내 말씀인가요?""네.""예쁘
죠." 나는 웃으면서 대답했다. "행복하시죠? 돈이 많고
예쁜 부인이 있고 귀여운 아이들이 있고 그러면…….""아
이들은 아직 없으니까 쬐끔 덜 행복하겠군요.""어머, 결
혼을 언제 하셨는데 아직 아이들이 없어요?""이제 삼 년
좀 넘었읍니다.""특별한 용무도 없이 여행하시면서 왜 혼
자 다니세요?" 이 여자는 왜 이런 질문을 할까? 나는 조
용히 웃어 버렸다. 여자는 아까보다 좀더 명랑한 목소리로
말했다. "앞으로 오빠라고 부를 테니까 절 서울로 데려가
주시겠어요?""서울에 가고 싶으신가요?""네.""무진이
싫은가요?""미칠 것 같아요. 금방 미칠 것 같아요. 서울
엔 제 대학 동창들도 많고…… 아이, 서울로 가고 싶어 죽
겠어요." 여자는 잠깐 내 팔을 잡았다가 얼른 놓았다. 나
는 갑자기 흥분되었다. 나는 이마를 찡그렸다. 찡그리고
찡그리고 또 찡그렸다. 그러자 흥분이 가셨다. "그렇지만
이젠 어딜 가도 대학 시절과는 다를걸요. 인숙은 여자니까
아마 가정으로나 숨어 버리기 전에는 어느 곳에 가든지 미

칠 것 같을걸요.” “그런 생각도 해봤어요. 그렇지만 지금
같아선 가정을 갖는다고 해도 미칠 것 같은 생각이 들어
요. 정말 맘에 드는 남자가 아니면요. 정말 맘에 드는 남
자가 있다고 해도 여기서는 살기가 싫어요. 전 그 남자에
게 여기서 도망하자고 조를 거예요.” “그렇지만 내 경험으
로는 서울에서의 생활이 반드시 좋지도 않더군요. 책임,
책임뿐입니다.” “그렇지만 여긴 책임도 무책임도 없는 곳
인걸요. 하여튼 서울에 가고 싶어요. 절 데려다 주시겠어
요?” “생각해 봅시다.” “꼭이에요 네?” 나는 그저 웃기
만 했다. 우리는 그 여자의 집 앞에까지 왔다. “선생님,
내일은 무얼 하실 계획이세요?” 여자가 물었다. “글쎄요.
아침엔 어머님 산소엘 다녀와야 하겠고, 그러고 나면 할
일이 없군요. 바닷가에나 가볼까 하는데요. 거긴 한때 내
가 방을 얻어 있던 집이 있으니까 인사도 할 겸.” “선생님,
내일 거긴 오후에 가세요.” “왜요?” “저도 같이 가고 싶
어요. 내일은 토요일이니까 오전 수업뿐이에요.” “그럽시
다.” 우리는 내일 만날 시간과 장소를 약속하고 헤어졌다.
나는 이상한 우울에 빠져서 터벅터벅 밤길을 걸어 이모 댁
으로 돌아왔다.

　내가 이불 속으로 들어갔을 때 통금 사이렌이 불었다.
그것은 갑작스럽게 요란한 소리였다. 그 소리는 길었다.
모든 사물이, 모든 사고(思考)가 그 사이렌에 흡수되어 갔
다. 마침내 이 세상에선 아무것도 없어져 버렸다. 사이렌
만이 세상에 남아 있었다. 그 소리도 마침내 느껴지지 않

을 만큼 오랫 동안 계속할 것 같았다. 그때 소리가 갑자기
힘을 잃으면서 꺾였고 길게 신음하며 사라져 갔다. 내 사
고만이 다시 살아났다. 나는 얼마 전까지 그 여자와 주고
받던 얘기들을 다시 생각해 보려 했다. 많은 것을 얘기한
것 같은데 그러나 귓속에는 우리의 대화가 몇 개 남아 있
지 않았다. 좀더 시간이 지난 후, 그 대화들이 내 귓속에
서 내 머리 속으로 자리를 옮길 때는 그리고 머리 속에서
심장 속으로 옮겨 갈 때는 또 몇 개가 더 없어져 버릴 것
인가. 아니 결국엔 모두 없어져 버릴지도 모른다. 천천히
생각해 보자. 그 여자는 서울에 가고 싶다고 했다. 그 말
을 그 여자는 안타까운 음성으로 얘기했다. 나는 문득 그
여자를 껴안고 싶은 충동에 사로잡혔다. 그리고…… 아니,
내 심장에 남을 수 있는 것은 그것뿐이었다. 그러나 그것
도 일단 무진을 떠나기만 하면 내 심장 위에서 지워져 버
리리라. 나는 잠이 오지 않았다. 낮잠 때문이기도 하였다.
나는 어둠 속에서 담배를 피웠다. 나는 우울한 유령들처럼
나를 내려다보고 있는 벽에 걸린 하얀 옷들을 흘겨보고 있
었다. 나는 담뱃재를 머리맡의 적당한 곳에 털었다. 내일
아침 걸레로 닦아 내면 될 어느 곳에. '열 두 시 이후에 우
는' 개구리 울음 소리가 희미하게 들려 오고 있었다. 어디
선가 한 시를 알리는 시계 소리가 나직이 들려 왔다. 어디
선가 두 시를 알리는 시계 소리가 들려 왔다. 어디선가 세
시를 알리는 시계 소리가 들려 왔다. 어디선가 네 시를 알
리는 시계가 정확하지 못했다. 사이렌은 갑작스럽고 요란

한 소리였다. 그 소리는 길었다. 모든 사물이 모든 사고가
그 사이렌에 흡수되어 갔다. 마침내 이 세상에선 아무것도
없어져 버렸다. 사이렌만이 세상에 남아 있었다. 그 소리
도 마침내 느껴지지 않을 만큼 오랫 동안 계속할 것 같았
다. 그때 소리가 갑자기 힘을 잃으면서 꺾였고 길게 신음
하며 사라져 갔다. 어디선가 부부들은 교합(交合)하리라.
아니다. 부부가 아니라 창부와 그 여자의 손님이리라. 나
는 왜 그런 엉뚱한 생각을 하고 있는지 알 수 없었다. 잠
시 후에 나는 슬며시 잠이 들었다.

바다로 뻗은 긴 방죽

그날 아침엔 이슬비가 내리고 있었다. 식전에 나는 우산
을 받쳐 들고 읍 근처의 산에 있는 어머니의 산소로 갔다.
나는 바지를 무릎 위까지 걷어올리고 비를 맞으며 묘를 향
하여 엎드려 절했다. 비가 나를 굉장한 효자로 만들어 주
었다. 나는 한 손으로 묘 위의 긴 풀을 뜯었다. 풀을 뜯으
면서 나는, 나를 전무님으로 만들기 위하여 전무 선출에
관계된 사람들을 찾아다니며 그 호걸 웃음을 웃고 있을 장
인 영감을 상상했다. 그러자 나는 묘 속으로 엄마의 품을
파고드는 아이처럼 기어 들어가고 싶었다.

돌아가는 길은, 좀 멀긴 하지만 잔디가 곱게 깔린 방죽
길을 걷기로 했다. 이슬비가 바람에 뿌옇게 날리고 있었

다. 비를 따라서 풍경이 흔들렸다. 나는 우산을 접어 버렸
다. 방죽 위를 걸어가다가 나는, 방죽의 경사 밑, 물가의
풀밭에, 읍에서 먼 촌으로부터 등교하기 위하여 온 학생들
이 모여서 웅성거리고 있는 것을 보았다. 나이 많은 사람
들이 몇 사람 끼어 있었고 비옷을 입은 순경 한 사람이 방
죽의 비탈 위에 쭈그리고 앉아서 담배를 피우며 먼 곳을
바라보고 있었고 노파 한 사람이 혀를 차며 웅성거리고 있
는 학생들의 틈을 빠져 나와서 갔다. 나는 방죽의 비탈을
내려갔다. 순경 곁을 지나면서 나는 물었다. "무슨 일입니
까?" "자살 시쳅니다." 순경은 흥미없는 말투로 말했다.
"누군데요?" "읍내에 있는 술집 여잡니다. 초여름이 되면
반드시 몇 명씩 죽지요." "네에." "저 계집애는 아주 독살
스러운 년이어서 안 죽을 줄 알았더니, 저것도 별수없는
사람이었던 모양입니다." "네에." 나는 물가로 내려가서
학생들 틈에 끼었다. 시체의 얼굴은 냇물을 향하고 있었으
므로 내게는 보이지 않았다. 머리는 파마였고 팔과 다리가
하얗고 굵었다. 붉은색의 얇은 스웨터를 입고 있었고 하얀
스커트를 입고 있었다. 지난 밤의 새벽은 추웠던 모양이
다. 아니면 그 옷이 그 여자의 맘에 든 옷이었던가 보다.
푸른 꽃두늬 있는 하얀 고무신을 머리에 베고 있었다. 무
엇인가를 싼 하얀 손수건이 그 여자의 축 늘어진 손에서
좀 떨어진 곳에 굴러 있었다. 하얀 손수건은 비를 맞고 있
었고 바람이 불어도 조금도 나부끼지 않았다. 시체의 얼굴
을 보기 위하여 많은 학생들이 냇물 속에 발을 담그고 이

쪽을 향하여 서 있었다. 그들의 푸른색 유니폼이 물에 거
꾸로 비쳐 있었다. 푸른색의 깃발들이 시체를 옹위하고 있
었다. 나는 그 여자를 향하여 이상스레 정욕이 끓어오름을
느꼈다. 나는 급히 그 자리를 떠났다. "무슨 약을 먹었는
지 모르지만 지금이라도 어쩌면……." 순경에게 내가 말했
다. "저런 여자들이 먹는 건 청산가립니다. 수면제 몇 알
먹고 떠들썩한 연극 같은 건 안 하지요. 그것만은 고마운
일이지만." 나는 무진으로 오는 버스칸에서 수면제를 만들
어 팔겠다는 공상을 한 것이 생각났다. 햇볕의 신선한 밝
음과 살갗에 탄력을 주는 정도의 공기의 저온, 그리고 해
풍(海風)에 섞여 있는 정도의 소금기, 이 세 가지를 합성하
여 수면제를 만들 수 있다면……. 그러나 사실 그 수면제
는 이미 만들어져 있었던 게 아닐까. 나는 문득, 내가 간
밤에 잠을 이루지 못하고 뒤척거리고 있었던 게 이 여자의
임종을 지켜 주기 위해서가 아니었을까 하는 생각이 들었
다. 통금 해제의 사이렌이 불고 이 여자는 약을 먹고 그제
야 나는 슬며시 잠이 들었던 것만 같다. 갑자기 나는 이
여자가 나의 일부처럼 느껴졌다. 아프긴 하지만 아끼지 않
으면 안 될 내 몸의 일부처럼 느껴졌다. 나는 접어든 우산
에 묻은 물을 획획 뿌리면서 집으로 돌아왔다. 집에는 세
무서장인 조가 보낸 쪽지가 기다리고 있었다. '할 일 없으
면 세무서로 좀 들러 주게.' 아침밥을 먹고 나는 세무서로
갔다. 이슬비는 그쳤으나 하늘은 흐렸다. 나는 조의 의도
를 알 것 같았다. 서장실에 앉아 있는 자기의 모습을 보여

주고 싶은 거다. 아니 내가 비꼬아서 생각하고 있는지 모른다. 나는 고쳐 생각하기로 했다. 그는 세무서장으로 만족하고 있을까? 아마 만족하고 있을 게다. 그는 무진에 어울리는 사람이다. 아니, 나는 다시 고쳐 생각하기로 했다. 어떤 사람을 잘 안다는 것 —— 잘 아는 체한다는 것이 그 어떤 사람의 입장에서 보면 무척 불행한 일이다. 우리가 비난할 수 있고 적어도 평가하려고 드는 것은 우리가 알고 있는 사람에 한하는 것이기 때문이다.

조는 런닝샤쓰 바람으로, 바지는 무릎 위까지 걷어붙이고 부채를 부치고 있었다. 나는 그가 초라해 보였고 그러나 그 흰 커버를 씌운 회전의자 위에 앉아 있는 것을 자랑스러워하는 듯한 몸짓을 해보일 때는 그가 가엾게 생각되었다. "바쁘지 않나?" 내가 물었다. "나야 뭐 하는 일이 있어야지. 높은 자리라는 건 책임진다는 말만 중얼거리고 있으면 되는 모양이지?" 그러나 그는 결코 한가하지 않았다. 여러 사람들이 드나들면서 서류에 조의 도장을 받아 갔고 더 많은 서류들이 그의 미결함(未決函)에 쌓여졌다. "월말에다가 토요일이 되어서 좀 바쁘다." 그는 말했다. 그러나 그의 얼굴은 그 바쁜 것을 자랑스럽게 여기고 있었다. 바쁘다. 자랑스러워할 틈도 없이 바쁘다. 그것은 서울에서의 나였다. 그만큼 여기는 생활한다는 것에 서투를 수 있다고나 할까? 바쁘다는 것도 서투르게 바빴다. 그리고 그때 나는, 사람이 자기가 하는 일에 서투르다는 것은, 그것이 무슨 일이든지 설령 도둑질이라고 할지라도 서투르다는 것은 보기에 딱하고 보는 사람을 신경질나게 한다고 생각하였다. 미끈하게 일을 처리해 버린다는 건 우선 우리를 안심시켜 준다. "참, 엊저녁, 하 선생이란 여자는 네 색시깜이냐?" 내가 물었다. "색시깜?" 그는 높은 소리로 웃었다. "내 색시깜이 그 정도로밖에 안 보이냐?" 그가 말했다. "그 정도가 뭐 어때서?" "야, 이 약아빠진 놈아, 넌 빽 좋고 돈 많은 과부를 물어 놓고 기껏 내가 어디서 굴러온 줄도 모르는 말라빠진 음악 선생이나 차지하고 있으면 맘이 시원하겠다는 거냐?" 말하고 나서 그는 유쾌해 죽겠다는 듯이 웃어대었다. "너만큼만 사는 정도라면 여자가 거지라도 괜찮지 않어?" 내가 말했다. "그래도 그게 아닙니다. 내 편에 나를 끌어 줄 사람이 없으면 처가 편에서라도 누가 있어야 하는 거야." 그가 대답했다. 그의 말투로는 우리는 공모자였다. "야, 세상 우습더라. 내가 고시에 패스하자마자 중매장이가 막 들어오는데……. 그런데 그게 모두 형편없는 것들이거든. 도대체 여자들이 성기(性器) 하나를 밑천으로 해서 시집 가보겠다는 고 뱃장들이 패씸하단 말야." "그럼 그 여선생도 그런 여자 중의 하나인가?" "아주 대표적인 여자지. 어떻게 쫓아다니는지 귀찮아 죽겠다." "퍽 똑똑한 여자일 것 같던데." "똑똑하기야 하지. 그렇지만 뒷조사를 해보았더니 집안이 너무 허술해. 그 여자가 여기서 죽는다고 해도 고향에서 그 여자를 데리러 올 사람 하나 변변한 게 없거든." 나는 그 여자를 어서 만나 보고 싶었다. 나는 그 여자가 지금 어디서 죽어 가고 있는 것처럼 생각되었다. 어서 가서 만나 보고 싶었다. "속도 모르고 박군은 그 여자를 좋아한대." 그가 말하면서 빙긋 웃었다. "박군이?" 나는 놀란 체했다. "그 여자에게 편지를 보내어 호소를 하는데 그 여자가 모두 내게 보여주거든, 박군은 내게 연애 편지를 쓰는 셈이지." 나는 그 여자를 만나 보고 싶은 생각이 싹 가셨다. 그러나 잠시 후엔 그 여자를 어서 만나 보고 싶다는 생각이 되살아났다. "지난 봄엔 그 여잘 데리고 절엘 한 번 갔었지. 어떻게 해보려고 했는데 요 영리한 게 결혼하기 전까지는 절대로 안 된다는 거야." "그래서?" "무안만 당하고 말았지." 나는 그 여자에게 감사했다.

시간이 됐을 때 나는 그 여자와 만나기로 한, 읍내에서 좀 떨어진, 바다로 뻗어 나가고 있는 방죽으로 갔다. 노란 파라솔 하나가 멀리 보였다. 그것이 그 여자였다. 우리는 구름이 낀 하늘 밑을 걸어갔다. "저 오늘 박 선생님께 선생님에 관해서 여러 가지 물어 봤어요." "그래요?" "무얼 제일 중요하게 물어 보았을 거 같아요?" 나는 전연 짐작할 수가 없었다. 그 여자는 잠시 동안 키득키득 웃었다. 그리고 말했다. "선생님의 혈액형을 물어 봤어요." "내 혈액형을요?" "전 혈액형에 대해서 이상한 믿음을 가지고 있어요. 사람들이 꼭 자기의 혈액형이 나타내 주는──그, 생물책에 씌어 있지 않아요?──꼭 그 성격대로이기만 했으면 좋겠어요. 그럼 세상엔 손가락으로 꼽을 정도의 성격밖에 없을 게 아니예요.?" "그게 어디 믿음입니까? 희

망이지.""전 제가 바라는 것은 그대로 믿어 버리는 성격
이에요.""그건 무슨 혈액형입니까?""바보라는 이름의
혈액형이에요." 우리는 후덥지근한 공기 속에서 괴롭게 웃
었다. 나는 그 여자의 프로필을 훔쳐보았다. 그 여자는 이
제 웃음을 그치고 입을 꼭 다물고 그 커다란 눈으로 앞을
똑바로 응시하고 있었다. 코끝에 땀이 맺혀 있었다. 그 여
자는 어린 아이처럼 나를 따라오고 있었다. 나는 나의 한
손으로 그 여자의 한 손을 잡았다. 그 여자는 놀란 듯했
다. 나는 얼른 손을 놓았다. 잠시 후에 나는 다시 손을 잡
았다. 그 여자는 이번엔 놀라지 않았다. 우리가 잡고 있는
손바닥과 손바닥의 틈으로 희미한 바람이 새어 나가고 있
었다. "무작정 서울에만 가면 어떻게 할 작정이요?" 내가
물었다. "이렇게 좋은 오빠가 있는데 어떻게 해주시겠지
요." 여자는 나를 쳐다보며 방긋 웃었다. "신랑깜이야 수
두룩하긴 하지만…… 서울보다는 고향에 가 있는 게 낫지
않을까요?""고향보다는 여기가 나아요.""그럼 여기 그
대로 있는 게…… "아이, 선생님. 절 데리고 가시잖을 작
정이시군요." 여자는 울상을 지으며 내 손을 뿌리쳤다. 사
실 나는 내 자신을 알 수 없었다. 사실 나는, 감상(感傷)이
나 연민으로써 세상을 향하고 서는 나이도 지난 것이다.
사실 나는, 몇 시간 전에 조가 얘기했듯이 '빽이 좋고 돈
많은 과부'를 만난 것을 반드시 바랐던 것은 아니지만 결
과적으로는 잘되었다고 생각하고 있는 사람인 것이다. 나
는 내게서 달아나 버렸던 여자에 대한 것과는 다른 사랑을

지금의 내 아내에 대하여 갖고 있었다. 그러면서도 나는
구름이 끼여 있는 하늘 밑의 바다로 뻗은 방죽 위를 걸어
가면서, 다시 내 곁에 선 여자의 손을 잡았다. 나는 지금
우리가 찾아가고 있는 집에 대하여 여자에게 설명해 주었
다. 어느 해, 나는 그 집에서 방 한 칸을 얻어 들고 더러워
진 나의 폐(肺)를 씻어 내고 있었다. 어머니도 세상을 떠
나신 뒤였다. 이 바닷가에서 보낸 일년. 그때 내가 쓴 모
든 편지들 속에서 사람들은 '쓸쓸하다'라는 단어를 쉽게
발견할 수 있었다. 그 단어는 다소 천박하고 이제는 사람
의 가슴에 호소해 오는 능력도 거의 상실해 버린 사어(死
語) 같은 것이지만 그러나 그 무렵의 내게는 그 말밖에 써
야 할 말이 없는 것처럼 생각되었었다. 아침의 백사장을
거니는 산보에서 느끼는 시간의 지리함과 낮잠에서 깨어
나서 식은땀이 줄줄 흐르는 이마를 손바닥으로 닦으며 느
끼는 허전함과 깊은 밤에 악몽으로부터 깨어나서 쿵쿵 소
리를 내며 급하게 뛰고 있는 심장을 한 손으로 누르며 밤
바다의 그 애처로운 울음 소리에 귀를 기울이고 있을 때의
안타까움, 그런 것들이 굴껍데기처럼 다닥다닥 붙어서 떨
어질 줄 모르는 나의 생활을 나는 '쓸쓸하다'라는, 지금
생각하면 허깨비 같은 단어 하나로 대신시켰던 것이다. 바
다는 상상도 되지 않는 먼지 낀 도시에서, 바쁜 일과 중
에, 무표정한 우편 배달부가 던져 주고 간 나의 편지 속에
서 '쓸쓸하다'라는 말을 보았을 때, 그 편지를 받은 사람
이 과연 무엇을 느끼거나 상상할 수 있었을까? 그 바닷가

에서 그 편지를 내가 띄우고 도시에서 내가 그 편지를 받
았다고 가정할 경우에도 내가 그 바닷가에서 그 단어에 걸
어 보던 모든 것에 만족할 만큼 도시의 내가 바닷가의 나
의 심경에 공명할 수 있었을 것인가? 아니 그것이 필요하
기나 했었을까? 그러나 정확하게 말하자면, 그 무렵 편지
를 쓰기 위해서 책상 앞으로 다가가고 있던 나도, 지금에
와서 내가 하고 있는 바와 같은 가정과 질문을 어렴풋이나
마 하고 있었고 그 대답을 '아니다'로 생각하고 있었던 듯
하다. 그러면서도 그는 그 속에 '쓸쓸하다'라는 단어가 씌
어진 편지를 썼고 때로는 바다가 암청색(暗靑色)으로 서투
르게 그려진 엽서를 사방으로 띄웠다. "세상에서 제일 먼
저 편지를 쓴 사람은 어떤 사람이었을까요?" 내가 말했
다. "아이, 편지. 정말 편지를 받는 것처럼 기쁜 일은 없
어요. 정말 누구였을까요? 아마 선생님처럼 외로운 사람
이었겠죠?" 여자의 손이 내 손 안에서 꼼지락거렸다. 나
는 그 손이 그렇게 말하고 있는 듯한 느낌이 들었다. "그
리고 인숙이처럼." 내가 말했다. "네." 우리는 서로 고개를
돌려 마주 보며 웃음지었다.

　우리는 우리가 찾아가는 집에 도착했다. 세월이 그 집과
그 집 사람들만은 피해서 지나갔던 모양이다. 주인들은 나
를 옛날의 나로 대해 주었고 그러자 나는 옛날의 내가 되
었다. 나는 가지고 온 선물을 내놓았고 그 집 주인 부부는
내가 들어 있던 방을 우리에게 제공해 주었다. 나는 그 방
에서 여자의 조바심을 마치 칼을 들고 달려드는 사람으로

부터, 누군가가 자기의 손에서 칼을 빼앗아 주지 않으면 상대편을 찌르고 말 듯한 절망을 느끼는 사람으로부터 칼을 빼앗듯이 그 여자의 조바심을 빼앗아 주었다. 그 여자는 처녀는 아니었다. 우리는 다시 방문을 열고 물결이 다소 거센 바다를 내어다보며 오랫 동안 말없이 누워 있었다. "서울에 가고 싶어요. 단지 그거뿐예요." 한참 후에 여자가 말했다. 나는 손가락으로 여자의 볼 위에 의미없는 도화를 그리고 있었다. "세상엔 착한 사람이 있을까?" 나는 방으로 불어오는 해풍 때문에 불이 꺼져 버린 담배에 다시 불을 붙이며 말했다. "절 나무래시는 거죠? 착하게 보아 주려는 마음이 없으면 아무도 착하지 않을 거예요." 나는 우리가 불교도(佛敎徒)라고 생각했다. "선생님은 착한 분이세요?" "인숙이가 믿어 주는 한." 나는 다시 한번 우리가 불교도라고 생각했다. 여자는 누운 채 내게 조금 더 다가왔다. "바닷가로 나가요, 네? 노래 불러 드릴께요." 여자가 말했다. 그러나 우리는 일어나지 않았다. "바닷가로 나가요, 네? 방은 너무 더워요." 우리는 일어나서 밖으로 나왔다. 우리는 백사장을 걸어서 인가가 보이지 않는 바닷가의 바위 위에 앉았다. 파도가 거품을 숨겨 가지고 와서 우리가 앉아 있는 바위 밑에 그것을 뿜어 놓았다. "선생님." 여자가 나를 불렀다. 나는 여자 쪽으로 고개를 돌렸다. "자기 자신이 싫어지는 것을 경험하신 적이 있으세요?" 여자가 꾸민 명랑한 목소리로 물었다. 나는 기억을 헤쳐 보았다. 나는 고개를 끄덕이며 말했다.

"언젠가 나와 함께 자던 친구가 다음날 아침에 내가 코를 골면서 자더라는 것을 알려 주었을 때였지, 그땐 정말이지 살 맛이 나지 않았어." 나는 여자를 웃기기 위해서 그렇게 말했다. 그러나 여자는 웃지 않고 조용히 고개만 끄덕거렸다. 한참 후에 여자가 말했다. "선생님, 저 서울에 가고 싶지 않아요." 나는 여자의 손을 달라고 하여 잡았다. 나는 그 손을 힘을 주어 쥐면서 말했다. "우리 서로 거짓말은 하지 말기로 해.""거짓말이 아니예요." 여자는 방긋 웃으면서 말했다. "〈어떤 개인 날〉 불러 드릴께요.""그렇지만 오늘은 흐린걸." 나는 〈어떤 개인 날〉의 그 이별을 생각하며 말했다. 흐린 날엔 사람들은 헤어지지 말기로 하자. 손을 내밀고 그 손을 잡는 사람이 있으면 그 사람을 가까이 가까이 좀더 가까이 끌어당겨 주기로 하자. 나는 그 여자에게 '사랑한다'고 말하고 싶었다. 그러나 '사랑한다'라는 그 국어의 어색함이 그렇게 말하고 싶은 나의 충동을 쫓아 버렸다.

 우리가 바닷가에서 읍내로 돌아온 것은 저녁의 어둠이 밀려든 뒤였다. 읍내에 들어오기 조금 전에 우리는 방죽 위에서 키스했다. "전 선생님께서 여기 계시는 일주일 동안만 멋있는 연애를 할 계획이니까 그렇게 알고 계세요." 헤어지면서 여자가 말했다. "그렇지만 내 힘이 더 세니까 별수없이 내게 끌려서 서울까지 가게 될걸." 내가 말했다.

집으로 돌아와서 나는 후배인 박이 낮에 다녀간 것을 알았다. 그는 내가 '무진에 계시는 동안 심심하시지 않을까

하여 읽으시라'고 책 세 권을 두고 갔다. 그가 저녁에 다시 오겠다고 하더라는 얘기를 이모가 내게 했다. 나는 피로를 핑계로 아무도 만나기 싫다는 뜻을 이모에게 알려 두었다. 이모는 내가 바닷가에서 아직 돌아오지 않았다고 대답하겠다고 말했다. 나는 아무것도 생각하고 싶지 않았다. 아무것도. 나는 이모에게 소주를 사오게 하여 취해서 잠이 들 때까지 마셨다. 새벽녘에 잠깐 잠이 깨었다. 나는 이유를 집어낼 수 없이 가슴이 두근거렸는데 그것은 불안이었다. '인숙이'하고 나는 중얼거려 보았다. 그리고 곧 다시 잠이 들어 버렸다.

당신은 무진을 떠나고 있읍니다

나는 이모가 나를 흔들어 깨워서 눈을 떴다. 늦은 아침이었다. 이모는 전보 한 통을 내게 건네 주었다. 엎드려 누운 채 나는 전보를 펴보았다. "27 일회의참석필요, 급상경바람 영" '27 일'은 모레였고 '영'은 아내였다. 나는 아프도록 쑤시는 이마를 베개에 대었다. 나는 숨을 거칠게 쉬고 있었다. 나는 내 호흡을 진정시키려고 했다. 아내의 전보가 무진에 와서 내가 한 모든 행동과 사고(思考)를 내게 점점 명료하게 드러내 보여주었다. 모든 것이 선입관 때문이었다. 결국 아내의 전보는 그렇게 얘기하고 있었다. 나는 아니라고 고개를 저었다. 모든 것이, 흔히 여행자에게 주어지는 그 자유 때문이라고 아내의 전보는 말하고 있었다. 나는 아니라고 고개를 저었다. 모든 것이 세월에 의하여 내 마음속에서 잊혀질 수 있다고 전보는 말하고 있었다. 그러나 상처가 남는다고, 나는 고개를 저었다. 오랫동안 우리는 다투었다. 그래서 전보와 나는 타협안을 만들었다. 한 번만, 마지막으로 한 번만 이 무진을, 안개를, 외롭게 미쳐 가는 것을, 유행가를, 술집 여자의 자살을, 배반을, 무책임을 긍정하기로 하자. 마지막으로 한 번만이다. 꼭 한 번만. 그리고 나는 내게 주어진 한정된 책임 속에서만 살기로 약속한다. 전보여, 새끼손가락을 내밀어라. 나는 거기에 내 새끼손가락을 걸어서 약속한다. 우리는 약속했다.

그러나 나는 돌아서서 전보의 눈을 피하여 편지를 썼다. "갑자기 떠나게 되었읍니다. 찾아가서 말로써 오늘 제가 먼저 가는 것을 알리고 싶었읍니다만 대화란 항상 의외의 방향으로 나가 버리기를 좋아하기 때문에 이렇게 글로써 알리는 것입니다. 간단히 쓰겠읍니다. 사랑하고 있읍니다. 왜냐하면 당신은 제 자신이기 때문에 적어도 제가 어렴풋이나마 사랑하고 있는 옛날의 저의 모습이기 때문입니다. 저는 옛날의 저를 오늘의 저로 끌어다 놓기 위하여 갖은 노력을 다하였듯이 당신을 햇볕 속으로 끌어 놓기 위하여 있는 힘을 다할 작정입니다. 저를 믿어 주십시오. 그리고 서울에서 준비가 되는 대로 소식드리면 당신은 무진을 떠나서 제게 와 주십시오. 우리는 아마 행복할 수 있을 것입니다." 쓰고 나서 나는 그 편지를 읽어 봤다. 그리고 찢어 버렸다.

덜컹거리며 달리는 버스 속에 앉아서 나는, 어디쯤에선가, 길가에 세워진 하얀 팻말을 보았다. 거기에는 선명한 검은 글씨로 "당신은 무진을 떠나고 있읍니다. 안녕히 가십시오"라고 씌어 있었다. 나는 심한 부끄러움을 느꼈다. *   (1964 년)

□ 연 보

1941년   12월 23일, 일본 오오사카에서 김기선(金基善) 씨
         와 윤계자(尹桂子) 씨의 장남으로 태어남.

1945년   귀국하여 이후 전남 순천에 정착.

1948년   순천남국민학교 입학. 여순반란사건으로 어제의
         이웃이 오늘의 원수가 되어 죽이고 죽는 꼴을 많
         이 보고, 세상이 무서운 겁장이가 되어 버렸음.

1949년   여수 동산국민학교(현재 중앙국민학교)로 전학.

1950년   6·25 발발로, 경남 남해로 피난.

1951년   순천북국민학교로 전학. 《새벗》《소년 세계》 등
         의 어린이 잡지에 동시를 발표.

1954년   폐허의 서울 구경. 순천중학교 입학. 재학 중 보
         이 스카웃, 배구 선수로 활동. 교지에 콩트, 수
         필 등 발표.

1957년   순천고등학교 입학. 중학교 생활의 연장. 《사상
         계》(월간 종합지)와 프랑스 실존주의 문학 작품
         들의 영향을 많이 받았음.

1960년   서울대학교 문리대 불문학과 입학. 4·19 터짐.
         영문학과의 박태순(朴泰洵), 독문학과의 김주연

(金柱演)·이청준(李淸俊)과 교우. 아르바이트로 한국일보사 발행 《서울경제신문》에 연재 만화 〈파고다 영감〉을 그림. 문리대 학생회 발행 신문 《새세대》의 기자로 활동.

1962년 《한국일보》 신춘문예 소설 부문에 〈생명 연습(生命演習)〉 당선으로 문단 데뷔. 강호무(姜好武), 곽광수(郭光秀), 김성일(金成一), 김창웅(金昌雄), 김치수(金治洙), 김현, 서정인(徐廷仁), 염무웅(廉武雄), 최하림(崔夏林)과 동인지 《산문 시대(散文時代)》를 5집까지 발간. 동지에 〈건〉 〈환상 수첩(幻想手帖)〉 등을 발표.

1964년 《문학 춘추》에 〈역사(力士)〉를 발표하여 데뷔 이후 최초의 '원고료'를 받음. 〈무진 기행(霧津紀行)〉, 〈차나 한잔〉 등 발표.

1965년 학점 미달로 1년 늦게 졸업. 한국 크리스찬 아카데미에 근무하여 《대화》 1,2호를 편집. 〈서울·1964년 겨울〉로 동인문학상 수상.

1966년 처녀 작품집 〈서울·1964년 겨울〉을 창우사(創又社)에서 발행. 문학 월간지 《문학(文學)》 편집장으로 활동.

1967년 〈무진 기행〉이 〈안개〉라는 제명(題名)으로 영화화된 것을 계기로 영화와 인연을 가짐. 김동인 선생의 〈감자〉를 각색하여 직접 감독하여 스위스 르카르노 영화제에 출품하여 호평받음. 백혜욱

〈白惠煜〉 양과 결혼

1968년 주로 영화 시나리오 집필. 이어령 씨의 〈장군(將軍)의 수염〉 각색, 대종상 각본상 수상.

1970년 중편 소설집 《내가 훔친 여름·60년대》 발간.

1971년 장남 융세(融世) 출생. 월간 《샘터》 편집장으로 활동. 창작 생활 일단 중지.

1974년 차남 융태(融台) 출생. 조선작(趙善作) 씨의 〈영자의 전성시대〉, 최인호 씨의 〈어제 내린 비〉를 시나리오로 각색.

1977년 〈서울의 달빛 0장〉으로 문학사상사 제정 제1회 이상문학상 수상.

무진기행

초판 1쇄 발행 / 1977년 5월 5일
초판 3쇄 발행 / 1979년 10월 20일
2판 1쇄 발행 / 1986년 4월 5일
2판 7쇄 발행 / 1999년 2월 20일

지은이 / 김 승 옥
펴낸이 / 윤 형 두
펴낸데 / 범 우 사

등록번호 / 제 10-39호
등록일자 / 1966년 8월 3일
주소 / 서울특별시 마포구 구수동 21-1
우편번호 / 121-130
전화 / 대표 717-2121 · 2122, FAX / 717-0429
(인터넷)http://www.bumwoosa.co.kr
(천리안 · 하이텔 ID) BUMWOOSA

값 2,000원

＊ 파본은 교환해 드립니다.

ISBN 89-08-06013-8   04810
      89-08-06000-6   (세트)

"주머니 속에 친구를"

범 우 문 고

2000년대를 향하여 꾸준하게 양서를!

범우사 서울시 마포구 구수동 21-1
전화 717-2121 FAX 717-0429

범우 사르비아문고

선배들도 범우사르비아문고로
교양을 쌓고 지식을 살찌워왔습니다.
범우사르비아문고는 하루아침에 기획되고
제작된 것이 아닙니다.
15년의 세월 동안 갈고 보완하면서
청소년의 필독도서로 확고히 자리잡은
'청소년도서의 대명사' 입니다.

범우사 서울시 마포구 구수동 21-1
전화 717-2121 FAX 717-0429

범우비평판
세계문학선

범우 비평판 세계문학선이
체계화·고급화를 지향하며
새롭게 다시 태어나고
있습니다.

작가별로 고유번호를
부여하고 완벽하게 보완해
권위와 전문성을 높이고,
미려한 장정으로
정상의 자존심을
지켜나갈 것입니다.

2000년대를 향하여 꾸준하게 양서를!

현대사회를 보다 새로운 시각으로 종합진단하여
그 처방을 제시해주는

범우사상신서

범우사 서울시 마포구 구수동 21-1
전화 717-2121 FAX 717-0429

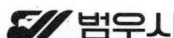